NIGHT WORLD

Lisa Jane Smith

Night World

Tome 1 : Le secret du vampire

Traduit de l'anglais (États-Unis)
par Isabelle Saint-Martin

Michel Lafon

À paraître

Night World, tome 2 : *Les sœurs des ténèbres*

7-13, boulevard Paul-Émile-Victor – Île de la Jatte
92521 Neuilly-sur-Seine Cedex
www.michel-lafon.com

NIGHT WORLD

JAMAIS Il N'A ÉTÉ AUSSI DANGEREUX D'AIMER

Le Night World ne se limite pas à un endroit précis. Il nous entoure. Aux yeux des humains, les créatures du Night World sont belles, mortelles et irrésistibles. Un ami proche pourrait en faire partie – la personne que vous aimez aussi.

Les lois du Night World sont très claires : sous aucun prétexte son existence ne doit être révélée à qui que ce soit d'extérieur. Et ses membres ne doivent pas tomber amoureux d'un individu de la race humaine. Sous peine de conséquences terrifiantes.

Voici le récit de ce qui arrive à ceux qui enfreignent ces lois.

Pour Marilyn Marlow,
mon fantastique agent.
Et tous mes remerciements
à Jeanie Danek
et aux autres merveilleuses infirmières
qui lui ressemblent.

1

En ce premier jour des vacances d'été, Poppy apprit qu'elle allait mourir.

C'était le lundi, le premier jour officiel (le week-end ne comptait pas). Elle s'éveilla le cœur léger en savourant la fin de l'école. Le soleil brillait à la fenêtre et venait donner une teinte dorée à ses draps. Poppy les repoussa, posa les pieds par terre et tressaillit.

Ouille ! Encore cette douleur dans le ventre. Comme si une mâchoire lui dévorait les entrailles pour se frayer un chemin vers son dos. Ça allait un peu mieux quand elle se penchait en avant.

Non, se dit-elle. *Je refuse d'être malade pendant les vacances. Je refuse.* Un peu d'entrain et tout devrait rentrer dans l'ordre.

Pliée en deux – *sois positive, imbécile !* –, elle traversa le couloir pour se rendre dans la salle de bains au carrelage turquoise et or.

Elle se croyait sur le point de vomir lorsque la douleur disparut, aussi subitement qu'elle était arrivée. Poppy se redressa et considéra d'un air triomphant son reflet échevelé dans le miroir.

– Fais-toi confiance, ma fille, et ça ira, se murmura-t-elle avec un clin d'œil complice.

Elle se pencha en avant, ses iris verts écarquillés de surprise devant les quatre taches de rousseur qu'elle venait de découvrir sur son nez. Quatre et demie, à vrai dire. Ça lui donnait un air enfantin, tout mignon. Elle se tira la langue avant de se détourner avec grâce, sans peigner ses boucles cuivrées qui tombaient en bataille sur sa nuque.

La tête haute, elle entra dans la cuisine où Phillip, son frère jumeau, mangeait des céréales. De nouveau, elle écarquilla les yeux, l'air morose. Elle se trouvait trop petite à son goût et n'appréciait pas sa silhouette menue ni ses cheveux bouclés qui lui donnaient l'air d'un lutin tout droit sorti d'un livre de contes pour enfants. Pourtant, elle était affublée d'un jumeau blond et athlétique comme un Viking, à la beauté si classique... le monde était si mal fait !

– Salut, Phillip, lança-t-elle d'un ton menaçant.

Habitué aux sautes d'humeur de sa sœur, celui-ci ne réagit pas. Il finit seulement par lever les yeux de la page BD de son journal. Les jumeaux n'avaient en commun que leurs prunelles vertes habillées de longs cils.

– Salut, répondit-il en replongeant dans sa lecture.

L'un et l'autre venaient d'achever leur première au lycée d'El Camino. Phillip n'avait obtenu que des bonnes notes, tout en intégrant les équipes de football, de hockey et de base-ball. Il avait aussi été élu délégué de la classe. Poppy adorait le taquiner car elle le trouvait trop coincé.

– Où sont Cliff et maman ? demanda-t-elle d'un ton enjoué.

Cliff Hilgard était leur beau-père depuis trois ans et encore plus coincé que Phil.

– Cliff travaille, répondit ce dernier. Quant à maman, elle s'habille. Tu devrais manger quelque chose, sinon elle ne va pas te lâcher.

– Ouais...

Sur la pointe des pieds, elle alla chercher dans le placard une boîte de corn-flakes dont elle tira délicatement un pétale qu'elle mit directement dans sa bouche. Ce n'était pas si mal de ressembler à un elfe... En trois pas de danse, elle rejoignit le réfrigérateur, rythmant ses mouvements avec la boîte de céréales.

– Je suis une fée sexy ! chantonna-t-elle.

– N'importe quoi ! maugréa son frère pas impressionné du tout. Tu ferais mieux de t'habiller.

Devant la porte ouverte du frigo, elle jeta un regard sur son tee-shirt trop grand qui lui servait de chemise de nuit.

– Je suis habillée, crut-elle bon de préciser en sortant un Coca light.

On frappa à la porte qui donnait sur la cour. D'un coup d'œil à la fenêtre, Poppy identifia le visiteur.

– Salut, James ! Entre.

Sur le seuil, James Rasmussen ôta ses Ray-Ban. Elle avait beau le voir à peu près tous les jours depuis dix ans, Poppy éprouvait chaque fois la même émotion, un pincement au cœur qui la bouleversait dès qu'il apparaissait.

Elle lui trouvait un petit air de révolté qui faisait penser à James Dean, avec ses cheveux châtains et son regard gris à la fois intense et apaisant. Si on pouvait honnêtement le considérer comme le plus beau gosse d'El Camino, ce n'était pas ça qui impressionnait Poppy mais plutôt ce petit quelque chose d'impérieux, de mystérieux, d'inaccessible qui la faisait vibrer.

Ce qui n'était certes pas le cas de Phillip. Dès qu'il aperçut James, il se raidit et son expression se figea. Une désagréable tension régnait entre ces deux-là.

L'air un rien moqueur, James lança :

– Salut, Phil !

Ce qui n'eut pas pour effet de radoucir ce dernier.

– Salut, marmonna-t-il.

Poppy avait l'impression que, s'il le pouvait, il la ferait immédiatement sortir de la pièce. Il avait toujours aimé jouer les grands frères protecteurs.

– Comment vont Jacklyn et Michaela ? ajouta-t-il d'un ton mauvais.

– À vrai dire, rétorqua James pensif, je n'en sais rien.

– Comment ça ? Ah oui, c'est vrai que tu laisses toujours tomber tes copines avant l'été, histoire de garder les mains libres pour les vacances.

– Exactement, sourit James.

Phillip le fusilla du regard tandis que Poppy se sentait bondir de joie. Bye bye, Jacklyn et Michaela, bye bye, le faon aux longues jambes, bye bye la starlette aux seins ravageurs. L'été s'annonçait sous les meilleurs auspices.

Tout le monde ou presque croyait que Poppy et James n'entretenaient qu'une relation platonique. Ce n'était pas tout à fait vrai... Voilà des années que Poppy en était persuadée : c'était lui qu'elle épouserait. Cela faisait partie de ses deux plus grandes ambitions dans la vie, l'autre consistant à voyager à travers le monde. Tout simplement, elle n'avait pas encore eu l'occasion de prévenir James. Pour le moment, il croyait toujours qu'il aimait les filles aux longues jambes, aux ongles carrés et aux chaussures italiennes.

– C'est un nouveau CD ? demanda-t-elle pour le détourner de son futur beau-frère.

James lui montra l'album :

– C'est le dernier enregistrement d'Ethnotechno.

– Encore des chants diphoniques mongols de Touva. J'ai hâte d'entendre ça !

Ce fut le moment que choisit leur mère pour entrer ; blonde et sublime, parfaitement maîtresse d'elle-même, elle évoquait irrésistiblement une héroïne d'Alfred Hitchcock. Cependant, comme Poppy sortait à cet instant, elle faillit la renverser au passage.

– Pardon... bonjour !

Elle rattrapa sa fille par l'encolure de son tee-shirt.

– Minute, toi ! Bonjour, Phil, bonjour James.

Les deux garçons lui répondirent en chœur, l'un aimablement, l'autre avec une politesse quelque peu ironique.

– Tout le monde a pris son petit déjeuner ? poursuivit-elle. Même toi, Poppy ?

Celle-ci agita la boîtes de céréales.

– Je parie que tu n'as même pas mis de lait avec, insista sa mère.

– C'est meilleur nature, marmonna la jeune fille en sortant quand même une brique.

– Qu'allez-vous faire de votre premier jour de vacances ? demanda Mme Hilgard en jetant un coup d'œil sur James et Poppy.

– Je n'en sais rien, dit cette dernière en consultant James du regard. Écouter de la musique, se balader dans les collines ou faire un tour à la plage ?

– Comme tu voudras, répondit James. On a tout l'été devant nous.

L'été, qui s'annonçait chaud, doré, resplendissant, qui évoquait la piscine et la mer, l'herbe des prairies, tous ces mois de liberté, trois mois longs comme l'éternité...

Dire que c'était enfin vrai !

– On pourrait aller voir les nouvelles boutiques du Village...

Elle n'eut pas le temps d'achever sa phrase que sa douleur la reprit, lui coupant le souffle.

Si violente qu'elle se plia instinctivement en deux. La brique tomba par terre et tout devint gris.

2

– Poppy !

Elle entendait la voix de sa mère mais ne distinguait rien que ces taches noires qui dansaient sur le sol de la cuisine.

– Poppy, ça va ?

À présent, elle sentait ses mains qui la retenaient anxieusement. À mesure que la douleur s'apaisait, elle voyait revenir la lumière.

En se redressant, elle aperçut James devant elle, le visage dénué de toute expression ; mais Poppy le connaissait assez pour savoir repérer l'inquiétude au fond de son regard. Il tenait la brique qu'il avait dû attraper au vol.

Phillip s'était levé.

– Ça va ? Qu'est-ce qui t'arrive ?

– Je… ne sais pas.

Embarrassée, elle parcourut la cuisine des yeux et finit par hausser les épaules. Maintenant qu'elle se sentait mieux, leur compassion la gênait. Ils la dévisageaient avec une telle intensité ! Le meilleur moyen de traiter cette douleur consistait à l'ignorer, pas à en faire toute une histoire.

– C'est juste une crampe gastro-machin-truc, enfin vous voyez...

Sa mère la secoua :

– Poppy, ça n'a rien de gastrique. Tu t'en es déjà plainte il y a un mois. C'est la même chose qui recommence, non ?

À vrai dire, ça ne recommençait pas, ça ne l'avait jamais quittée. Simplement, tout à l'excitation de cette fin d'année scolaire, elle était parvenue à l'oublier ou, tout au moins, à s'en accommoder.

– Un peu, temporisa-t-elle. Mais...

Il n'en fallait pas davantage à sa mère qui lui serra le bras avant de se diriger vers le téléphone.

– Je sais que tu n'aimes pas les médecins, mais j'appelle le docteur Franklin. Je veux que tu ailles le voir, on ne peut pas faire l'impasse là-dessus.

– Mais, maman, c'est les vacances...

– Je ne te le dirai pas deux fois. Va t'habiller.

Quand sa mère employait ce ton, Poppy savait qu'il était inutile de discuter. Elle adressa un signe à James qui regardait ailleurs.

– On écoute cet album avant.

Il jeta un coup d'œil au CD, comme s'il l'avait oublié, déposa la brique. Phillip les suivit dans l'entrée.

– Hé, mon pote, tu attends ici que ma sœur s'habille !

James se retourna à peine.

– T'occupe.

– Tu la lâches !

Poppy entra dans sa chambre en secouant la tête. Si seulement James cherchait à la voir toute nue ! Mais c'était son meilleur ami, ni plus ni moins. Elle enfila un short sans cesser de maugréer. Jamais il n'avait tenté de l'effleurer, ne serait-ce que du bout des doigts. Au point que, parfois, elle se demandait s'il se rendait compte qu'elle était une fille.

Un jour, je vais lui montrer ! En attendant, elle se contenta de lui crier qu'il pouvait entrer.

Il passa la tête en souriant, l'air gentil, à peine malicieux, lui qui ne présentait habituellement aux autres qu'une physionomie railleuse, sardonique.

– Pardon pour cette histoire de médecin, commença Poppy.

– Non, il faut que tu y ailles. Tu sais bien que ta mère a raison. Ça fait trop longtemps que ça dure. Tu as perdu du poids, tu ne dors pas la nuit…

Elle le dévisageait, estomaquée. Jamais elle n'avait dit à personne que la douleur était plus intense la nuit.

Pourtant... parfois, il semblait tout savoir, comme s'il lisait dans son esprit.

– Je te connais, voilà tout, se hâta-t-il d'expliquer en ouvrant le CD.

Haussant les épaules, elle se laissa tomber sur son lit, les yeux au plafond.

– Quand même, j'aurais préféré que maman m'accorde au moins une journée de vacances. Tiens, j'aurais préféré une mère comme la tienne, qui ne s'inquiète pas pour un rien et n'essaie pas de me réparer.

– Une mère qui se fiche de savoir où tu vas ? Tu ne crois pas que c'est pire ?

– Attends, tes parents t'ont donné un appartement pour toi tout seul !

– Dans un immeuble qui leur appartient. Parce que ça leur revient moins cher que d'engager un gérant.

Il glissa le disque dans le lecteur en ajoutant :

– Ne critique pas ta famille, tu ne te rends pas compte de ta chance.

Poppy méditait ces paroles lorsque la musique commença. Avec James, ils aimaient la trance underground venue d'Europe, James à cause de son rythme techno beat, Poppy parce qu'elle l'estimait authentique, faite par des gens qui y croyaient, pas pour gagner de l'argent.

Et puis cela lui donnait l'impression d'appartenir à d'autres civilisations, lointaines, différentes.

Sans doute était-ce d'ailleurs ce qu'elle aimait en James. Il était différent. Du coin de l'œil, elle l'observa, en train d'écouter les rythmes étranges des tam-tams du Burundi.

Elle connaissait James mieux que personne mais il restait en lui une sorte de mystère, un aspect inaccessible. Les gens appelaient ça de l'arrogance, de la froideur, ou pour le moins de la réserve, mais c'était quelque chose d'autre... Rien à voir avec les étudiants venus de pays étrangers. De temps à autre, elle avait l'impression de mettre le doigt dessus mais cela lui échappait aussitôt. À plusieurs reprises, le soir, en écoutant de la musique avec lui, ou en regardant l'océan, elle avait cru qu'il allait lui parler.

En même temps, elle sentait que s'il lui confiait son secret, ce serait un moment exceptionnel dans sa vie, profond, émouvant, comme si un chat errant lui adressait soudain la parole.

Elle contemplait son beau profil droit, ses cheveux bruns qui ondulaient sur son front. Il avait l'air triste.

– Jamie, interrogea-t-elle, ça va comme tu veux ? Chez toi et ailleurs ?

Elle se savait la seule personne de la planète autorisée à l'appeler Jamie. Même Jacklyn et Michaela ne s'y étaient pas risquées.

– Pourquoi est-ce que ça n'irait pas ? répondit-il avec un sourire qui n'atteignit pas ses yeux.

Il finit par secouer la tête comme pour signifier que la discussion était close.

– Ne t'inquiète pas, Poppy. Ce n'est pas grave… juste quelqu'un de la famille que je n'ai pas envie de voir.

Cette fois, ses yeux brillèrent de malice.

– À moins que ce ne soit toi qui m'inquiètes.

Elle allait se récrier pourtant elle ne sut qu'insister :

– Tu es sûr ?

Sans doute ému par tant de sollicitude, il reprit son air sérieux et tous deux se regardèrent sans plus feindre la moindre désinvolture ; ce qui rendait soudain James presque vulnérable.

– Poppy…

Elle déglutit.

– Oui ?

Il ouvrit la bouche… et se leva brusquement pour aller déplacer les haut-parleurs. Il posa sur elle ses prunelles insondables.

– C'est sûr que si tu étais vraiment malade, je m'inquièterais. Sinon, à quoi serviraient les amis ?

Poppy flancha.

– Tu as raison, souffla-t-elle.

Elle parvint cependant à lui présenter un sourire déterminé.

– Mais tu n'es pas malade, reprit-il. Il faut juste te soigner. Le médecin t'administrera sans doute des antibiotiques ou je ne sais quoi... avec une grosse aiguille !

– La ferme !

Il savait combien elle avait peur des piqûres. À la seule idée d'en subir une...

– Tiens, voici ta maman.

Malgré la porte demeurée entrouverte, il devait avoir l'ouïe très fine, car Poppy n'avait rien entendu, d'autant que le volume de la musique était plutôt fort et qu'il y avait de la moquette dans l'entrée. Pourtant, Mme Hilgard apparut soudain sur le seuil.

– Allez, les enfants ! lança-t-elle. Le docteur Franklin nous attend tout de suite. Désolée, James, mais on va devoir te laisser.

– C'est bon, je reviendrai cet après-midi.

Sans plus opposer la moindre résistance, Poppy suivit sa mère, passant devant James qui mima l'injection d'une énorme piqûre.

Une heure plus tard, elle s'allongeait sur la table d'examen du Dr Franklin, les yeux poliment dans le vague tandis qu'il lui tâtait l'abdomen. C'était un homme de haute taille, grisonnant, qui faisait un peu médecin de campagne. Quelqu'un en qui elle avait une confiance absolue.

– C'est là que ça vous fait mal ? demanda-t-il.

– Oui... mais ça va jusque dans le dos. C'est peut-être un muscle froissé ou je ne sais...

Les tâtonnements s'arrêtèrent soudain et l'expression du Dr Franklin s'altéra. Poppy comprit alors que ses muscles n'avaient rien à voir dans l'affaire, pas plus que son estomac ; elle n'allait pas s'en tirer aussi facilement.

Le médecin se contenta d'expliquer :

– Bon, je voudrais vous faire passer quelques examens complémentaires.

Il avait beau s'exprimer d'un ton paisible, Poppy n'en fut pas moins affolée. Elle ne comprenait pas ce qui se produisait en elle... Une sorte de terrifiante prémonition la saisit, comme si un trou noir s'ouvrait devant elle, sous ses pas.

– Pourquoi ? interrogea sa mère.

– Eh bien... dit le Dr Franklin en remontant ses lunettes, c'est une simple mesure de précaution. Poppy se plaint de douleurs dans l'abdomen qui irradient jusque dans le dos et s'avèrent encore plus pénibles la nuit. Sa vésicule biliaire est palpable, ce qui signifie qu'elle s'est agrandie. Ce sont là des symptômes très répandus qui peuvent mener à bien des conclusions et une échographie nous permettra d'en éliminer une bonne partie.

Quelque part, Poppy se sentit rassurée. Elle ne se rappelait pas trop à quoi servait la vésicule biliaire mais qui pouvait avoir besoin d'un organe au nom si bête ? Cependant, le Dr Franklin continuait ses explications sur le pancréas, les pancréatites et autres foies palpables et Mme Hilgard hochait la tête, l'air de saisir. Poppy ne comprenait rien mais sa panique s'était dissipée. Comme si on avait posé un couvercle sur le trou noir, le faisant disparaître sans laisser de trace.

– Vous pourrez faire pratiquer cette échographie à l'hôpital des Enfants, en face. Ensuite, vous repasserez ici.

La mère de Poppy hochait toujours la tête, calme, sérieuse, efficace. Comme Phil. Ou Cliff. D'accord, on s'occupe de tout.

Et Poppy se sentait soudain gonflée d'importance. Elle ne connaissait personne de son entourage qui ait jamais eu besoin d'effectuer des examens à l'hôpital.

En sortant du cabinet, sa mère lui passa la main dans les cheveux.

– Qu'est-ce que tu nous fais là, fillette ?

Ce qui arracha un sourire malicieux à Poppy. Son inquiétude l'avait quittée.

– Je vais peut-être devoir me faire opérer et j'aurai une belle cicatrice.

– Espérons que non.

L'hôpital pour Enfants Suzanne G. Monteforte était une belle bâtisse grise aux courbes sinueuses et aux larges baies vitrées. En passant devant la boutique de cadeaux, Poppy put constater qu'elle était essentiellement réservée aux petits, pleine de peluches et de poupées propres à calmer la mauvaise conscience d'un adulte arrivé en coup de vent.

Une fille en sortit, à peine plus âgée qu'elle, dans les dix-sept, dix-huit ans. Elle était jolie, bien maquillée, la tête couverte d'un élégant bandeau qui ne cachait pas complètement son crâne chauve. Elle paraissait heureuse, les joues rondes, avec des boucles d'oreilles... Pourtant, un élan de compassion serra le cœur de Poppy.

De compassion... et de peur. Cette fille était gravement malade. Comme tous ceux à qui était réservé cet hôpital. D'un seul coup, elle eut envie de laisser tomber ces examens et de s'enfuir au plus vite.

L'échographie n'avait rien de douloureux, juste un peu désagréable. Une technicienne lui enduisit le ventre d'une espèce de gel et puis passa une sonde dessus, qui répandit des ultrasons à travers son corps tout en prenant des photos de ses entrailles. Elle ne put s'empêcher de revoir l'image de la jolie fille au bandeau.

Pour se changer les idées, elle pensa à James, à la première fois qu'ils s'étaient rencontrés, le jour de la rentrée au jardin d'enfants. C'était alors un petit garçon fragile et pâle, aux yeux gris, à l'air assez étrange pour que les grands s'en prennent aussitôt à lui. Dans la cour de récréation, ils se jetaient sur lui comme des chiens sur un renard... jusqu'à ce que Poppy s'en aperçoive.

Déjà à cinq ans, elle possédait un joli crochet du droit. Elle avait foncé dans la mêlée, distribuant des coups jusqu'à faire fuir ces minables agresseurs. Ensuite, elle s'était tournée vers James :

– Tu veux qu'on soit amis ?

Après une brève hésitation, il avait hoché timidement la tête. Il y avait quelque chose d'étrangement délicieux dans son sourire.

Elle eut vite fait de découvrir d'autres aspects étranges de sa personnalité. À la mort du lézard de la classe, il souleva le petit cadavre sans la moindre répulsion et demanda à Poppy si elle voulait le prendre. Le professeur avait paru horrifié.

Il savait aussi où trouver des animaux morts. Il lui avait ainsi montré un endroit peuplé de carcasses de lapins au milieu des hautes herbes brunes. Il avait l'air de considérer la chose comme naturelle.

À mesure qu'il grandissait, ses camarades se montraient moins agressifs avec lui : il eut tôt fait de les dépasser en force et en rapidité, avant de gagner une réputation de dur qu'il valait mieux ne pas contrarier. Quand il s'emportait, une lueur dangereuse brillait dans ses yeux gris.

Ce qui n'arriva jamais avec Poppy. Année après année, ils demeurèrent les meilleurs amis du monde. Au collège, il se mit à sortir avec des petites copines ; toutes les filles lui couraient après mais il en changeait souvent. Et il ne leur faisait jamais de confidences. Elles le considéraient comme un garçon mystérieux et secret. Seule Poppy connaissait la partie immergée de l'iceberg, son côté vulnérable et tendre.

– Bien, déclara la technicienne en la réveillant brusquement. On a terminé ; je vais vous enlever ce gel.

– Alors, qu'est-ce que vous avez vu ?

– C'est votre médecin traitant qui va vous expliquer ça. Le radiologue interprétera les résultats et les fera parvenir à son cabinet.

Elle parlait d'un ton tellement neutre que Poppy lui jeta un regard irrité.

De retour dans le cabinet du Dr Franklin, elle trépigna d'impatience dans la salle d'attente tandis que sa mère feuilletait des magazines vieux de plusieurs semaines. Lorsque l'infirmière appela « Madame Hilgard », elles se levèrent toutes les deux.

– Euh... s'embrouilla la femme, madame Hilgard, le docteur voudrait d'abord vous parler seul à seule...

Poppy et sa mère échangèrent un regard puis cette dernière déposa lentement son *People* et suivit l'infirmière.

Poppy ne les quitta des yeux que lorsque la porte se referma derrière elles.

Que se passait-il ? Jamais le Dr Franklin ne s'était comporté ainsi.

Elle s'aperçut que son cœur battait à tout rompre. Pas vite, mais fort. Bang... bang... bang, à lui en couper le souffle.

Ne pense pas à ça. Ce n'est certainement rien. Lis un magazine.

Mais ses doigts se semblaient plus vouloir lui obéir. Lorsqu'elle parvint enfin à ouvrir un journal, ses yeux parcoururent les mots sans que son cerveau en décode le sens.

Cela dura un temps fou. À force d'attendre, Poppy finit par hésiter entre deux possibilités. 1) Tout allait bien et sa mère allait se moquer d'elle d'avoir pu croire autre chose, et 2) Une terrible nouvelle l'attendait et elle allait devoir subir d'effroyables traitements pour s'en sortir. Le trou noir s'ouvrait et se refermait, entre railleries devant ses craintes infondées et découverte qu'elle avait jusqu'ici vécu dans un rêve et qu'il allait lui falloir désormais affronter la réalité.

Si seulement je pouvais appeler James.

Enfin, l'infirmière réapparut.

– Poppy ? Vous pouvez entrer.

Le cabinet du Dr Franklin était lambrissé de bois, ses innombrables diplômes sous verre accrochés aux murs. Elle prit place dans un fauteuil de cuir en s'efforçant de ne pas scruter l'expression de sa mère.

Celle-ci paraissait... trop calme. Tendue à l'extrême. Elle souriait, d'un sourire un peu figé.

Qu'est-ce qui se passe ?

– Bon, commença le médecin, il n'y a rien de grave.

Ce qui eut pour effet d'affoler un peu plus la jeune fille qui crispa les mains sur les bras du fauteuil.

– Votre échographie laisse apparaître un élément assez inhabituel et je voudrais prescrire d'autres examens pour vérifier tout ça. Pour le premier, il faudrait que vous soyez à jeun depuis la veille à minuit. Votre maman vient de me dire que vous n'aviez pas pris de petit déjeuner.

– J'ai mangé un corn-flake, répondit machinalement Poppy.

– Un seul ? Soit, on pourrait donc considérer que vous êtes à jeun. Dans ce cas, autant passer ces examens dès aujourd'hui ; le mieux serait de vous faire admettre à l'hôpital le plus vite possible. Il y aurait d'abord un scanner et puis une endoscopie. N'ayez pas peur, tout ça n'a rien d'extraordinaire. Le premier est une sorte de radio, pour le deuxième on vous introduira un tube dans la gorge jusqu'à l'estomac et au pancréas, puis on injectera un liquide dans le tube qui apparaîtra...

Il continuait de parler mais elle n'écoutait plus. Voilà longtemps qu'elle n'avait plus eu aussi peur.

Moi qui rêvais d'une belle cicatrice ! Je n'avais pas pensé à une vraie maladie. Je n'ai pas envie d'aller à l'hôpital, de me faire enfoncer des tubes dans la gorge.

Elle lança un appel muet en direction de sa mère qui lui prit la main.

– Ce n'est rien, ma puce. On va rentrer te préparer quelques affaires et puis on reviendra.

– Il faut que j'aille à l'hôpital aujourd'hui ?

– Je pense que ce serait préférable, intervint le Dr Franklin.

Poppy étreignit la main de sa mère. Elle n'arrivait plus à réfléchir.

En sortant du cabinet, elle découvrit le prénom du médecin.

– Merci, Owen, avait dit sa mère.

Elles regagnèrent en silence la voiture. Durant le trajet, elles échangèrent quelques paroles anodines, comme si de rien n'était, alors que Poppy se sentait au bord de la nausée tant elle se demandait ce qui lui arrivait.

Ce ne fut que dans sa chambre, en rangeant des romans policiers et un pyjama de coton dans une petite valise, qu'elle demanda d'un ton presque dégagé :

– Alors qu'est-ce que j'ai, d'après lui ?

L'air absent, sa mère ne répondit pas tout de suite.

– En fait, finit-elle par déclarer, vraisemblablement rien du tout.

– Mais lui, qu'est-ce qu'il en pense ? Il parlait de mon pancréas, de ma vésicule et de je ne sais quoi. Quel rapport entre tous ces organes, d'abord ?

– Ma puce...

De plus en plus énervée, Poppy poussa un soupir pour se calmer.

– Je veux la vérité, d'accord ? Je veux avoir une idée de ce qui m'attend. C'est mon corps et j'ai le droit de savoir ce qu'on cherche dedans.

Ses paroles dépassaient un peu ses pensées. En fait, elle voulait surtout se rassurer, se dire que le Dr Franklin cherchait quelque chose de banal. Qu'il ne pouvait rien lui arriver de bien terrible. Elle ne comprenait pas.

– Oui, tu as le droit de savoir. Vois-tu, il s'inquiète depuis toujours de l'état de ton pancréas. On dirait qu'il s'y passe des choses qui peuvent influer sur le fonctionnement d'autres organes comme la vésicule biliaire ou le foie. En constatant de nouvelles évolutions, il a voulu vérifier avec une échographie.

Poppy déglutit :

– Et les résultats lui ont paru bizarres ?

– Pour l'instant, on ne fait que tâtonner... il semblerait que quelque chose se soit produit dans ton pancréas, qu'il s'y trouve un élément inhabituel. Le Dr Franklin veut vérifier avant d'émettre un diagnostic. Mais...

– Un élément inhabituel ? Tu veux dire une tumeur ? Comme un... cancer ?

C'était tellement dur à prononcer...

Sa mère ne le dit qu'une fois :

– Oui. Comme un cancer.

3

Aussitôt Poppy revit l'image de la jolie fille dans la boutique de souvenirs.

Un cancer.

– Mais… ça se soigne, non ? Enfin… s'il le fallait, on pourrait m'ôter mon pancréas…

– Mais bien entendu, ma puce !

Sa mère la prit dans ses bras.

– Je te promets que, si nécessaire, on fera tout ce qu'il faudra pour te guérir. Inutile de te dire que j'irais au bout du monde pour te soigner, ma chérie. Mais nous n'en sommes pas là. On ne sait même pas si tu as quelque chose qui ne va pas. Le docteur Franklin a dit qu'il était très rare pour un adolescent de développer une tumeur du pancréas. Extrêmement rare. Ne t'inquiète donc pas.

Poppy se détendit quelque peu ; le trou noir se refermait. Pourtant, quelque part, elle avait froid.

– Il faut que j'appelle James.

– Bon, mais dépêche-toi.

Le cœur battant, elle composa le numéro de l'appartement de son ami. *Je t'en prie, sois là !* Pour une fois, ce fut le cas. Il répondit laconiquement mais, dès qu'il entendit sa voix, il demanda :

– Qu'est-ce qui se passe ?

– Rien... enfin si. On ne sait pas encore.

Elle s'entendit éclater d'un rire un peu forcé.

– Quoi ? insista-t-il. Tu t'es disputée avec Cliff ?

– Non, il est au bureau. Et moi je vais à l'hôpital.

– Pourquoi ?

– J'ai peut-être un cancer.

Ça allait mieux en le disant. Un peu soulagée, elle se remit à rire.

Silence au bout du fil.

– Allô ?

– Je suis là, dit James. J'arrive.

– Non, pas la peine. Je dois partir dans une minute.

Elle s'attendait à ce qu'il promette de venir lui rendre visite mais il n'en fit rien.

– James, tu veux bien faire quelque chose pour moi ? Tu peux recueillir tout ce que tu trouveras sur le cancer du pancréas ? On ne sait jamais.

– Ce serait ce que tu aurais ?

– Pas sûr. Il va falloir faire des analyses. J'espère qu'ils ne me feront pas de piqûres...

Nouvel éclat de rire mais elle grinçait des dents intérieurement. Si seulement James pouvait la rassurer.

– Je vais chercher sur Internet.

Il avait répondu d'un ton détaché, quasi indifférent.

– Tu me diras ce que tu auras trouvé. Tu pourras sûrement m'appeler à l'hôpital.

– Oui.

– Bon, il faut que j'y aille.

– Soigne-toi bien.

Poppy raccrocha, démoralisée. Sa mère se tenait dans l'encadrement de la porte.

– Viens vite.

James regardait le téléphone sans le voir.

Elle avait peur et il ne pouvait l'aider. Il n'avait jamais été doué pour les discours lénifiants. Ce n'était pas son truc.

Pour rassurer quelqu'un, il fallait déjà considérer le monde d'un œil optimiste, ce qui n'était pas son cas. Il en avait trop vu pour garder la moindre illusion. En revanche, il savait traiter un sujet à froid. Écartant un fouillis de papiers, il pianota sur son portable pour ouvrir Internet.

Il trouva vite l'adresse de l'Institut national du cancer et chercha ce qui touchait au mot « Pancréas ». La première phrase qu'il y lut le glaça :

Le cancer du pancréas exocrine est rarement guérissable.

Son regard glissa sur les lignes suivantes : *Taux moyen de survie... métastases... radiothérapie et chimiothérapie ne donnent que de maigres résultats... souffrance...*

Souffrance. Poppy était courageuse mais n'importe qui à sa place pouvait redouter d'affronter une douleur constante. Surtout lorsque l'avenir s'annonçait si sombre.

Il revint au début de l'article. La moyenne de survie ne dépassait pas les trois pour cent, et tombait à un pour cent si le cancer s'était propagé.

James devrait pouvoir trouver d'autres informations ailleurs. Il lut quelques articles provenant de divers journaux. C'était encore pire.

Selon les experts, la grande majorité des patients décède rapidement... Le cancer du pancréas est en général inopérable, expéditif et douloureux... Pour peu qu'il se soit propagé, le pronostic vital est de trois semaines à trois mois...

Trois semaines à trois mois.

Le cœur serré, James retenait ses larmes. Après tout, rien n'était certain. Poppy n'en était qu'aux premiers examens, ça ne signifiait pas qu'elle avait le cancer.

Cependant, ce raisonnement sonnait faux, il savait depuis quelque temps déjà que la jeune fille avait des ennuis de santé. Il avait perçu le ralentissement des rythmes de son corps, il se doutait qu'elle perdait le sommeil. Quant à la douleur… il sentait toujours lorsque celle-ci survenait. Sauf qu'il ne s'était pas rendu compte de la gravité de la situation.

Poppy ne devait pas se faire davantage d'illusions. *Elle sait*, se dit-il. *Au fond d'elle-même, elle sait que c'est grave, sinon, elle ne m'aurait pas demandé d'effectuer des recherches. Mais qu'est-ce qu'elle croit, que je vais lui annoncer, comme ça, qu'elle en a pour quelques mois ?*

Et que je vais regarder sans rien faire ?

Ses lèvres s'étirèrent sur un rictus sauvage. En avait-il vu, des morts, en dix-sept ans ! Il savait toutes les étapes du processus, faisait la différence entre le moment où cessait la respiration et celui où le cerveau s'éteignait ; il connaissait cette pâleur caractéristique, quasi fantomatique des trépassés, cet affaissement des globes oculaires cinq minutes après l'expiration, détail ignoré de la plupart des gens. Dans les cinq minutes qui suivent la mort, les yeux deviennent gris et plats et le corps commence à se ratatiner. On rapetisse.

Et Poppy qui était déjà si menue.

James avait toujours eu peur de la casser. Elle paraissait tellement fragile, alors que lui était plutôt baraqué. C'était d'ailleurs l'une des raisons qui le poussaient à maintenir entre eux une certaine distance.

L'une des raisons, mais pas la principale.

Il y avait aussi ce sentiment inexprimable, que, même dans sa tête, il ne parvenait à formuler, tant cela frôlait l'interdit, ces lois dont il était imprégné depuis sa naissance.

Les créatures du Night World ne pouvaient aimer un humain. Sous peine de mort.

Tant pis. Il savait ce qu'il avait à faire. Où aller.

Froid et déterminé, il se déconnecta du Web, se leva, prit ses lunettes de soleil qu'il posa sur son nez avant d'affronter l'impitoyable soleil de juin, claquant la porte derrière lui.

Poppy examinait tristement sa chambre d'hôpital. Rien de bien abominable, sauf qu'elle était un peu froide, peut-être, mais enfin… c'était un hôpital. Malgré les rideaux rose et bleu, malgré le poste de télévision et le menu du dîner imprimé sur un carton multicolore, ce n'était pas un endroit où on s'installait de gaieté de cœur.

Allez, Poppy, pas la peine de dramatiser. Où est ton sens de l'humour ?

Il n'y avait pourtant pas de quoi rire. Même si les infirmières étaient gentilles et le lit confortable avec sa télécommande qui permettait de le relever dans tous les sens.

Alors qu'elle s'amusait à essayer chaque position, sa mère entra.

– J'ai prévenu Cliff ; il viendra tout à l'heure. En attendant, je te conseille de te changer, pour te préparer aux examens.

Poppy jeta un regard dégoûté au vêtement rayé bleu et blanc qu'elle lui tendait, une espèce de chemise qui s'ouvrait dans le dos. L'horreur. *Jamais je ne mettrai un truc pareil.*

James gara son Integra dans Ferry Street, non loin de Stoneham. Ce n'était pas le plus beau quartier de la ville. Les touristes qui visitaient Los Angeles ne s'y aventuraient pas.

Le bâtiment présentait une façade décrépite, avec trois boutiques sur quatre fermées, la vitrine brisée ou bouchée par des plaques de carton, les murs couverts de graffitis.

Même le brouillard semblait se mettre de la partie, jaunâtre, étouffant. Quant à l'enseigne, elle ne comportait plus aucune lettre, juste un logo de fleur.

Un iris noir.

Il frappa. La porte s'entrouvrit et un enfant maigrichon en tee-shirt froissé leva sur lui des yeux de fouine.

– C'est moi, Ulf.

Résistant à l'envie de pousser le panneau d'un coup de pied, James pesta intérieurement contre ces loups-garous qui prenaient le monde pour leur territoire.

L'entrebâillement était juste assez large pour le laisser passer.

Il pénétra dans une salle qui évoquait un café, obscure, peuplée de tables rondes et de chaises en bois. Quelques clients s'y attardaient, tous des adolescents ; au fond, deux joueurs tournaient autour d'un billard.

James prit place à côté d'une fille, ôta ses lunettes.

– Salut, Gisèle.

Elle leva la tête. Cheveux noirs, yeux bleus, maquillage charbonneux, très Cléopâtre.

Ou très sorcière, ce qui n'avait rien de surprenant.

– James ! Tu m'as manqué, souffla-t-elle d'une voix rauque. Ça va ?

Entourant de ses mains la bougie éteinte au milieu de la table, elle eut un geste évoquant l'envol d'un oiseau. Quand elle ouvrit les paumes, la mèche s'alluma.

– Toujours aussi sublime ! commenta-t-elle en souriant.

– Je te retourne le compliment. Mais je suis ici pour affaire.

– Comme toujours, non ?

– Là, c'est autre chose. Je voulais te demander un... avis professionnel.

Elle étendit ses longues mains dont les ongles argentés brillaient à la flamme de la bougie. Sur l'index, elle portait une bague ornée d'un dahlia noir.

– Mes pouvoirs sont à ta disposition, assura-t-elle. Tu désires envoûter quelqu'un ? Ou t'attirer chance et prospérité ? Je sais que tu n'auras pas besoin d'un philtre d'amour.

– Il me faut un sortilège pour guérir quelqu'un. Je ne sais pas s'il en existe de spécifiques en fonction de la maladie ou si c'est le même qui agit dans tous les cas...

Elle partit d'un petit rire indolent.

– James... Tu m'as l'air bien énervé ! Je ne t'ai jamais vu dans cet état.

Pour tout dire, il était à bout de nerfs et dut se faire violence pour garder une apparence à peu près calme.

– Il s'agit de quelle maladie, au juste ?

– D'un cancer.

Renversant la tête en arrière, Gisèle éclata de rire.

– Ne me dis pas que les gens de ton espèce peuvent développer un cancer ! Tu peux manger et fumer tout ce que tu voudras et n'essaie pas de me convaincre que les lamies attrapent des maladies humaines.

On allait toucher le point sensible.

– Il ne s'agit pas d'une malade de mon espèce, lâcha-t-il d'un ton égal. Ni de la tienne, d'ailleurs. Elle est humaine.

Le sourire de Gisèle se figea.

– Une étrangère ? s'étrangla-t-elle. Une vermine ? Tu dérailles, James !

– Elle ne sait rien de moi ni du Night World. Je ne cherche pas à enfreindre nos lois. Je veux juste qu'elle guérisse.

Les yeux bleus de Gisèle scrutaient son visage.

– Tu es sûr de ne pas les avoir déjà enfreintes ?

Comme il paraissait ne pas comprendre le sous-entendu, elle insista :

– Tu es sûr de ne pas être amoureux d'elle ?

S'efforçant de soutenir son regard, il articula d'un ton dangereusement calme :

– Arrête de dire ça si tu ne veux pas qu'on en vienne aux mains.

Elle baissa aussitôt les paupières et fit mine de jouer avec sa bague. La flamme de la bougie vacilla puis s'éteignit.

– James, on se connaît depuis longtemps, je ne veux pas que tu aies des ennuis. Alors je te crois quand tu dis n'avoir enfreint aucune loi, pourtant j'estime qu'on ferait mieux de s'en tenir là, de considérer que tu n'as rien dit. Va-t'en et on oublie tout.

– Et mon sortilège ?

– Il n'existe pas. Et, quand bien même, je ne pourrais rien pour toi. Va-t'en, maintenant.

James s'en alla.

Il avait déjà envisagé une solution de repli. Il se rendit à Brentwood, quartier aussi différent du précédent qu'un diamant pouvait l'être du charbon. Il se gara sous un auvent, entre une fontaine et une bâtisse en pisé, au toit de tuiles et aux murs tapissés de bougainvilliers.

Passant sous une arche, il pénétra dans une cour et se dirigea vers une porte frappée de lettres dorées : *Dr Jasper R. Rasmussen*. Son père était psychologue.

Il n'avait pas posé la main sur la poignée qu'une femme la poussait pour sortir ; elle ressemblait à la plupart des clientes de son père, la quarantaine, visiblement riche, en habits de sport de marque et sandales à talons aiguilles.

Elle paraissait un peu éblouie, somnolente, et présentait deux traces de morsure sur le cou.

James entra. Pas de réceptionniste pour vous installer dans la salle d'attente. Une mélodie de Mozart provenait du cabinet. Il frappa.

– Papa ?

Un bel homme de haute taille l'accueillit, cheveux noirs, costume gris à la coupe parfaite, chemise claire et boutons de manchettes. Il dégageait une allure de puissance et de détermination.

Mais certainement pas de chaleur.

– Qu'est-ce qui t'arrive, James ?

Il se serait adressé sur le même ton à n'importe lequel de ses patients : sûr de lui, calme, aimable.

– Tu as une minute ?

Le thérapeute jeta un coup d'œil à sa Rolex.

– À vrai dire, mon prochain patient ne doit pas arriver avant une demi-heure.

– Il faut que je te parle de quelque chose.

Il fit signe à son fils de prendre place dans un fauteuil profond. James s'assit au bord.

– Alors, qu'est-ce qui t'amène au juste ?

James cherchait les mots susceptibles d'exprimer sa pensée. Tout dépendrait de la façon dont il saurait ou non communiquer ses intentions à son père. Mais quels mots fallait-il prononcer ? Il finit par opter pour la brutalité.

– C'est Poppy. Voilà un moment qu'elle est malade et on croit maintenant qu'elle a un cancer.

Le Dr Rasmussen parut surpris.

– J'en suis désolé.

Même si sa voix n'exprimait aucune émotion.

– Un mauvais cancer, insista James. Terriblement douloureux et pour ainsi dire sans rémission.

– C'est dommage.

D'un seul coup, James comprit l'attitude de son père : s'il était surpris, ce n'était pas d'apprendre la maladie de Poppy mais de le voir se déplacer pour la lui annoncer.

– Papa, si elle a vraiment ce cancer, elle va mourir. Tu comprends ?

– Écoute, rétorqua le thérapeute d'un ton posé, nous en avons déjà parlé. Tu sais que ta mère et moi nous inquiétons depuis longtemps de te voir si proche de Poppy. Tu t'attaches trop...

Une rage froide s'empara de James.

– Comme avec Miss Emma ?

– Quelque chose comme ça, rétorqua son père sans sourciller.

James s'efforça de chasser les images qui s'emparaient de son esprit. Ce n'était pas le moment de songer à Miss Emma. Il devait rester détaché, seul moyen de convaincre son père.

– Papa, n'oublie pas que je connais Poppy depuis toujours ou presque. J'ai besoin d'elle.

– Comment ça ? Ne me dis pas que tu t'es nourri de son sang !

James déglutit. Nourri du sang de Poppy ? La traiter ainsi ? Cette seule idée lui donnait la nausée.

– C'est mon amie ! protesta-t-il. Je ne veux pas la voir souffrir. Je ne le supporterai pas. Il faut faire quelque chose.

– Je vois.

Devant la réaction de son père, James ne put cacher son soulagement.

– Tu comprends ?

– Écoute, il arrive qu'on ne puisse s'empêcher d'éprouver une certaine... compassion pour les humains. En général, je n'encourage pas ce genre de sentiment mais c'est vrai que tu connais Poppy depuis longtemps. Tu as pitié d'elle. Tu veux abréger ses souffrances, c'est normal.

Le soulagement avait été de courte durée. James dévisagea son père avant de laisser tomber :

– Tu parles de l'achever, comme un cheval ? Je croyais que les Anciens avaient interdit cette pratique ?

– Montre-toi discret. Tant que ça ressemblera à une mort naturelle, nous saurons détourner la tête. Il n'y aura aucune raison de faire appel aux Anciens.

Un goût métallique dans la bouche, James se leva avec un petit ricanement.

– Merci pour ton aide, papa.

Celui-ci ne parut pas percevoir le sarcasme.

– Ça me fait plaisir. Au fait, tout se passe bien, à l'appartement ?

– Oui.

– Et à l'école ?

– C'est fini, l'école.

Là-dessus, James sortit.

Dans la cour, il prit le temps de s'adosser à un mur en regardant l'eau couler de la fontaine.

Il ne savait plus quoi faire. Les lois du Night World lui interdisaient tout espoir.

Si Poppy avait vraiment cette maladie, elle en mourrait.

4

Lorsque le Dr Franklin entra dans la chambre, Poppy considérait sans appétit le dîner qui lui avait été servi : haricots verts et poulet pané.

Les analyses étaient terminées. Le scanner lui avait paru un peu impressionnant mais cela s'était bien passé ; en revanche, la cholangio-pancréatographie rétrograde s'était avérée des plus pénibles. Chaque fois qu'elle avalait, Poppy sentait encore la trace du tube dans sa gorge.

– Comment ? lança-t-il avec humour. Vous dédaignez les délicieux repas des hôpitaux ?

Poppy lui décocha un sourire.

Il se mit à parler de choses et d'autres mais ne dit rien des résultats de ses examens et Poppy ignorait quand ils seraient disponibles. Néanmoins, elle avait l'impression qu'il lui cachait quelque chose ; ce ton trop gentil, les cernes autour de ses yeux…

Lorsqu'il suggéra que la mère de Poppy pourrait « venir faire un petit tour dans le couloir », ses doutes se concrétisèrent.

Il va lui dire qu'il a les résultats mais qu'il ne veut pas me les annoncer.

Aussitôt, elle prit sa décision.

– Vas-y, maman, lâcha-t-elle en bâillant. J'ai un peu sommeil.

Là-dessus, elle s'allongea et ferma les yeux.

À peine étaient-ils sortis qu'elle quitta son lit et les vit s'éloigner, entrer dans une autre pièce. Elle les suivit sur la pointe des pieds.

Il lui fallut cependant s'expliquer au bureau des infirmières.

– Je me dégourdis les jambes, annonça-t-elle en sautillant sur place.

Dès qu'elles eurent le dos tourné, Poppy courut à toute vitesse à l'autre bout du couloir.

Sa mère et le médecin s'étaient installés dans la salle d'attente, équipée d'une télévision et d'un micro-ondes pour se préparer des plats s'il fallait y passer plusieurs heures. Par la porte entrebâillée, elle put écouter ce qui se disait.

Le Dr Franklin s'était assis sur un canapé, à côté d'une Afro-Américaine aux lunettes retenues par une chaîne et qui portait une blouse de médecin.

En face d'eux se tenait le beau-père de Poppy, Cliff, les cheveux légèrement ébouriffés, le bras passé sur l'épaule de son épouse. Le Dr Franklin s'adressait à tous les deux.

Et la mère de Poppy pleurait.

Cette dernière recula.

Mon Dieu, je suis fichue !

C'était la première fois de sa vie qu'elle voyait sa mère pleurer ; même à la mort de sa grand-mère ou lors du divorce avec son père, elle n'avait pas versé de larmes, du moins en public. C'était une femme plutôt impassible.

Sauf que là…

Je suis malade pour de bon.

Quand même, ce n'était peut-être pas si grave que ça. D'accord, sa mère était sous le choc, mais ça ne signifiait pas pour autant que Poppy allait mourir. La médecine moderne allait la tirer de là.

Forte de cette idée, elle s'éloigna de la salle d'attente.

Cependant, elle n'alla pas assez vite pour échapper à la plainte de Mme Hilgard :

– Oh, ma pauvre petite fille !

Poppy se figea.

Alors la voix de Cliff s'éleva, pleine de fureur.

– Ne me dites pas qu'il n'y a rien à faire !

Le souffle coupé, Poppy retourna vers la porte.

– Le docteur Loftus est une oncologue reconnue de tous, une experte de cette sorte de cancer ; elle vous expliquera ça mieux que moi.

Un autre timbre retentit. Au début, Poppy ne comprit rien à ce jargon médical : adénocarcinome, thrombose splénique, troisième stade.

– Autrement dit, conclut le Dr Loftus, l'ennui c'est que la tumeur s'est propagée au foie et aux ganglions lymphatiques autour du pancréas. Ce qui signifie que c'est inopérable.

– Mais la chimiothérapie... commença Cliff.

– On pourrait essayer une combinaison de radiations et de chimiothérapie avec le fluorouracile 5-FU qui présente parfois de bons résultats. Mais je ne voudrais pas vous donner de faux espoirs. Au mieux, cela pourrait lui accorder quelques semaines de plus. Pour le moment, l'important c'est de la laisser souffrir le moins possible et d'augmenter la qualité du peu de vie qui lui reste. Vous comprenez ?

Des sanglots lui répondirent mais Poppy ne vit rien bouger, comme si elle écoutait une émission à la radio qui ne la concernerait en rien.

– Il existe des protocoles de recherche ici, en Californie, intervint le Dr Franklin. On est en train d'expérimenter l'immunothérapie et la chirurgie cryogénique. Mais je répète qu'il ne s'agit ici que de soins palliatifs plutôt que...

– Enfin bon sang ! explosa Cliff. On parle d'une petite fille ! Comment a-t-elle pu atteindre le troisième stade sans que personne ne s'en aperçoive ? Cette gamine passait encore ses nuits à danser, la semaine dernière !

– Monsieur Hilgard, je suis désolée, souffla le Dr Loftus. Ce genre de cancer fait partie des maladies silencieuses car il ne présente que peu de symptômes avant d'être trop avancé. C'est pourquoi le taux de survie reste si bas. Je dois vous avouer que Poppy n'est que la deuxième ado que j'ai vue atteinte de ce genre de tumeur. Le docteur Franklin a posé un diagnostic extrêmement perspicace en décidant de procéder à ces examens.

– J'aurais dû m'en rendre compte, se lamentait la mère de Poppy. J'aurais dû l'amener ici plus tôt. J'aurais dû… j'aurais dû…

S'ensuivit le bruit d'un choc. Oubliant toute précaution, Poppy passa la tête dans l'entrebâillement. Sa mère frappait la table à coups de poing et Cliff tentait de la retenir.

Poppy recula vivement.

Mon Dieu, je ne dois pas rester. Je ne peux pas voir ça. Je ne peux pas !

Elle remonta le couloir. Ses jambes la portaient comme toujours. Étonnant.

Autour d'elle, rien n'avait changé, le bureau des infirmières était toujours décoré pour la fête nationale, sa valise bâillait sur la banquette près de la fenêtre et le plancher ne se dérobait pas sous ses pieds.

Tout semblait normal, ce n'était pas possible ! Comment les murs restaient-ils debout ? Comment la télévision pouvait-elle encore brailler dans la chambre voisine ?

Je vais mourir.

Bizarrement, elle n'avait pas peur ; elle était plutôt étonnée de toutes ces perceptions qui lui parvenaient encore.

C'est ma faute, parce que je ne suis pas allée plus tôt chez le médecin.

Je ne savais pas que Cliff tenait tellement à moi. Il avait l'air bouleversé.

Les idées se heurtaient dans son esprit.

Je vais mourir parce qu'il y a quelque chose en moi qui me bouffe. Comme un alien. En ce moment même.

Elle posa les mains sur son estomac, releva son tee-shirt pour regarder son abdomen. La peau en était lisse, impeccable. Elle n'éprouvait pas la moindre douleur.

Pourtant c'est là et je vais en mourir. Bientôt. Quand, au juste ? Je ne les ai pas entendus en parler.

Où est James ?

Machinalement, elle décrocha le téléphone, composa son numéro. *Réponds, je t'en prie.*

Cette fois, ça ne marcha pas. Elle eut droit au répondeur et enregistra ce message :

– Rappelle-moi à l'hôpital.

Puis elle raccrocha, regarda la carafe d'eau glacée sur son plateau-repas.

Dès qu'il saura, il me donnera de ses nouvelles. Je n'ai qu'à attendre.

Sans trop savoir pourquoi, elle s'avisa que c'était son seul objectif. Attendre de pouvoir parler à James. Survivre jusque-là. Ensuite seulement, elle réfléchirait à ce qu'il convenait de faire.

On frappa à la porte. Tressaillant, elle vit entrer ses parents. Sur le moment, elle ne remarqua que leurs visages, les yeux rouges et gonflés de sa mère, le teint livide de Cliff, sa mâchoire crispée.

Mon Dieu ! Ils ne vont pas me mettre au courant ! Ils n'ont pas le droit !

Au bord de la panique, elle faillit prendre ses jambes à son cou.

Cependant, sa mère annonçait :

– Ma chérie, tu as des amis qui sont venus te voir. Phil a téléphoné tout à l'heure pour savoir quand ils pouvaient passer et les voilà.

James. D'un seul coup, elle se sentit beaucoup

mieux. Pourtant, il ne faisait pas partie du groupe qui se présentait à la porte. C'étaient surtout des copines de classe.

Tant pis, il appellera plus tard. Pas besoin d'y réfléchir maintenant.

D'ailleurs, impossible de réfléchir avec tous ces visiteurs. Ce qui valait mieux. Comment rester ici à bavarder alors qu'une part d'elle-même lui semblait partie plus loin que Neptune ? Néanmoins, elle s'y employa et ce fut une bonne occasion pour elle de se vider l'esprit.

Aucun de ses amis ne se doutait qu'elle puisse avoir quelque chose de sérieux. Pas même Phil, qui jouait les grands frères avec sa conviction habituelle. Ils parlèrent de tout et de rien, comme d'habitude, des jeux et des livres de son ancienne vie qui semblait brusquement remonter à un siècle.

Finalement, les visiteurs s'en allèrent mais Mme Hilgard resta, et lui prenait la main chaque fois qu'elle le pouvait. *Si je n'étais pas au courant, j'aurais compris, maintenant. Je ne l'ai jamais vue dans cet état.*

– Je crois que je vais rester ici cette nuit, annonça-t-elle. L'infirmière a dit que je pouvais dormir sur la banquette de la fenêtre ; en fait, elle était prévue pour les parents. Je vais voir si je retourne à la maison chercher mes affaires…

– Vas-y.

Poppy ne savait que répondre d'autre, surtout si elle voulait encore faire croire qu'elle n'était au courant de rien. D'autant que sa mère avait vraiment besoin de se retrouver un peu seule.

Peu après, une infirmière vint prendre sa température et sa tension. Puis s'en alla.

Il se faisait tard. On entendait encore une lointaine télévision. La porte restait entrouverte mais l'obscurité régnait déjà dans le couloir.

Elle se sentit terriblement seule et une sourde douleur lui tordait le ventre ; elle ne pouvait s'empêcher de penser que sous sa peau progressait la tumeur.

Le pire étant que James n'avait pas rappelé. Ce n'était pas possible ! Il ne savait donc pas qu'elle avait besoin de lui ?

Combien de temps encore tiendrait-elle à s'efforcer de ne plus y songer ?

Peut-être vaudrait-il mieux essayer de dormir. De s'enfoncer dans l'inconscience. Là, au moins, elle ne réfléchirait plus à rien.

Cependant, dès qu'elle eut éteint et fermé les yeux, des fantômes se mirent à danser sous ses paupières, des filles chauves, des squelettes, des cercueils. Sans compter l'obscurité infinie.

Si je meurs, je ne serai plus là. Où est-ce que je serai ? Nulle part, peut-être ?

Elle n'avait jamais rien envisagé de pire. Le non-être. Et elle ne pouvait plus s'empêcher d'y penser. Elle perdait tout contrôle. Une peur galopante s'emparait d'elle, la faisant frissonner sous ses couvertures trop minces. *Je vais mourir. Je vais mourir. Je vais…*

– Poppy.

Elle ouvrit grand les yeux. Une demi-seconde, elle ne put identifier la silhouette sombre dans la pièce obscure. Comme si la Mort elle-même venait la chercher.

Soudain, elle articula :

– James ?

– Je me demandais si tu ne dormais pas.

D'un doigt hésitant, elle voulut appuyer sur le bouton de la lampe mais James l'en empêcha.

– Oublie. J'ai échappé aux infirmières, si elles me voient, elles vont me mettre à la porte.

Les doigts crispés sur sa couverture, Poppy déglutit.

– Je suis contente que tu sois là. Je croyais que tu n'allais pas venir.

Elle se retenait de ne pas lui sauter au cou, de ne pas éclater en sanglots dans ses bras.

Pourtant, elle ne bougea pas. D'abord parce que ce n'était pas son genre, ensuite parce que quelque chose chez lui l'en empêchait. Elle n'aurait su dire quoi, mais ça la paralysait. Cette façon qu'il avait de se tenir ? Ou bien parce qu'elle ne voyait pas son visage ? D'un seul coup, elle avait l'impression de ne plus le reconnaître.

Tournant les talons, il ferma doucement la porte.

L'obscurité. Seule la fenêtre éclairait encore un tant soit peu la pièce. Poppy se sentait complètement isolée du reste de l'hôpital, du reste du monde.

Elle aurait tellement aimé se trouver effectivement seule avec James, protégée de tout. Si seulement elle n'éprouvait pas cette étrange impression de ne pas le reconnaître !

– Tu sais ce que disent les examens, énonça-t-il paisiblement.

Ce n'était pas une question.

– Ma mère ne sait pas que je sais, s'empressa-t-elle de préciser.

Comment parvenait-elle encore à parler alors qu'elle n'avait envie que de crier ?

– J'ai entendu les médecins lui parler... James, j'ai compris. Et... c'est mauvais, un sale cancer. Qui s'est déjà propagé. Il paraît que je vais...

Elle ne put prononcer le dernier mot qui, pourtant, lui résonnait dans la tête.

– Tu vas mourir, dit James.

Il paraissait toujours aussi paisible et concentré. Détaché.

– J'ai lu beaucoup de choses là-dessus, expliqua-t-il en se rapprochant de la fenêtre. Je sais que c'est une saleté. Les articles disent aussi qu'il fait beaucoup souffrir.

– James ! glapit-elle.

– Parfois, on doit opérer rien que pour apaiser un peu la douleur. Mais ce n'est pas ça qui te sauvera. On aura beau t'irradier, te bourrer de produits chimiques, tu mourras quand même. Sans doute avant la fin de l'été.

– James...

– Ce sera le dernier...

– James, merde, arrête !

Cette fois, elle avait presque crié, et elle se retrouvait à bout de souffle, agrippée à ses couvertures.

– Pourquoi tu me dis ça ?

Soudain, il lui saisit le poignet, ses doigts se refermant sur le bracelet de plastique de l'hôpital.

– Parce que je veux que tu comprennes qu'ils ne peuvent rien pour toi. Tu vois ?

– Oui, très bien. Mais ce n'est pas pour ça que tu es venu, quand même ! Tu veux me tuer avant ou quoi ?

– Non, je veux te sauver.

Il laissa échapper un long soupir avant de répéter :

– Je veux te sauver, Poppy.

Celle-ci prit le temps d'inspirer et d'expirer un peu d'air, car il lui devenait très difficile de retenir ses sanglots.

– Tu ne peux pas, articula-t-elle enfin. Personne ne peut.

– C'est là que tu te trompes.

Lentement, il la relâcha, pour s'agripper au rebord du lit.

– Poppy, il faut que je te dise quelque chose. À mon sujet.

– James...

Elle avait repris son souffle mais ne savait que dire. À croire que James était devenu fou. Dans un sens, si la situation n'avait pas si mal tourné, elle se serait sentie presque flattée. Il semblait avoir perdu ce calme qui le caractérisait, comme si ce qui arrivait lui faisait perdre la tête.

– Tu es gentil, murmura-t-elle dans un petit rire étouffé.

À son tour il rit, tandis que leurs mains se rencontraient. Mais il retira vite la sienne.

– Tu ne te rends pas compte, souffla-t-il. Tu crois tout savoir sur moi mais tu te trompes. Complètement.

Sans comprendre où il voulait en venir, elle se dit qu'il ne parlait que de lui alors que c'était elle qui allait mourir. Néanmoins, elle parvint à surmonter son agacement.

– Tu peux tout me dire, tu le sais.

– Là, tu ne voudras pas me croire. Sans compter que ça risque d'enfreindre les lois.

– Les lois ?

– Je ne dépends pas des mêmes que vous, les humains. Pour nous, elles ne signifient pas grand-chose, alors que les nôtres doivent demeurer inviolables.

– James...

Une sourde terreur s'était emparée d'elle. Il perdait complètement la tête.

– Je ne sais pas comment te dire ça, continua-t-il. Je me fais l'effet d'un personnage dans un film d'horreur. Bon, je ne vois pas quelle impression ça peut produire d'entendre ça, mais... Poppy, je suis un vampire.

Un long moment, elle demeura immobile sur son lit. Soudain elle tâtonna fébrilement vers la table de nuit, atteignit la petite bassine de plastique en forme de croissant qu'elle lui jeta à la figure.

– Espèce de salaud ! cria-t-elle en cherchant autre chose à lui lancer.

5

James plongea juste à temps pour éviter le livre que Poppy lui envoyait à la tête.

– Connard ! Enfoiré ! Tu te fiches de moi, espèce de dégueulasse…

– Chut ! On va t'entendre…

– Et alors ? Je viens d'apprendre que je vais mourir et toi tu ne penses qu'à te moquer de moi. Tu me balances la daube la plus nulle de ta vie et tu voudrais que j'applaudisse ? Non, mais c'est pas vrai ! Tu trouves ça drôle ?

Malgré les gestes d'apaisement de James, elle hurlait de plus en plus fort. Jusqu'à ce qu'il annonce :

– Voilà du monde.

– Parfait, je vais leur demander de te virer.

D'un seul coup, sa colère la quitta, la laissant au bord des larmes. Jamais elle ne s'était sentie à ce point trahie, abandonnée.

– Je te déteste.

La porte s'ouvrit.

– Qu'est-ce qui se passe ici ? s'enquit l'infirmière qui venait vérifier le pouls de Poppy.

Apercevant James, elle se renfrogna.

– Je ne vous connais pas. Vous n'avez pas signalé votre présence !

– Justement ! renchérit Poppy. Je veux qu'il s'en aille.

La jeune femme lui remonta ses coussins, lui posa une main sur le front.

– Seuls les membres de la famille sont autorisés en dehors des heures de visite, précisa-t-elle à l'adresse de James.

L'œil fixé sur la télévision, Poppy attendait que celui-ci s'en aille mais il ne bougea pas. Contournant le lit, il s'approcha de l'infirmière qui continuait de border Poppy. Soudain, ses mains se figèrent.

Étonnée, Poppy put constater que la femme fixait James, comme hypnotisée.

Et James la fixa à son tour. À la lumière de la lampe, Poppy put constater qu'elle ne le reconnaissait toujours pas tant il était pâle, l'air grave, comme s'il produisait un effort énorme. Jusqu'à ses iris qui semblaient virer à l'argenté.

Il ressemblait à un fauve affamé.

– Vous voyez que tout va bien ici, dit-il à l'infirmière.

Elle cligna des paupières puis jeta un regard circulaire, comme si elle se réveillait.

– Oui, oui, balbutia-t-elle. Tout va bien. Appelez-moi si... si vous avez besoin de quelque chose.

Elle sortit sous l'œil perplexe de Poppy qui finit par se tourner vers James.

– Je sais, marmonna celui-ci. C'était un peu facile mais je ne connais pas de meilleur moyen de prouver son pouvoir. Et puis ça aide.

– Tu as monté ce coup avec elle.

– Non.

– Tu veux me faire croire que tu possèdes un pouvoir psychique ? Qu'il faut t'appeler Super Machin-truc ?

– Non, dit-il en se laissant tomber dans un fauteuil.

– Alors c'est moi qui deviens folle.

Pour la première fois de l'après-midi, elle ne pensait plus à sa maladie. D'ailleurs, elle ne parvenait plus à aligner deux idées qui se tiennent.

– Tu n'es pas folle, assura-t-il. C'est moi qui m'y suis mal pris ; aussi je t'ai bien dit que je ne savais pas comment t'expliquer ça. Écoute, je me rends compte à quel point c'est difficile à croire. Mais ce sont les gens de mon espèce qui l'ont voulu ainsi, pour empêcher les humains d'y croire. Question de vie ou de mort.

– James, excuse-moi, mais…

Elle s'aperçut que ses mains tremblaient.

– Tu devrais peut-être…

– Regarde-moi, Poppy. Je te dis la vérité, je le jure.

Il la fixa un instant, poussa un soupir.

– Bon, d'accord. Je ne voulais pas en venir là, mais s'il le faut…

Comme il se penchait vers elle, elle s'efforça de ne pas rester bouche bée.

Cependant, la métamorphose qui s'opérait devant elle avait de quoi la laisser sans voix. Le James au teint blême qu'elle connaissait se transformait en un être qu'elle n'avait jamais vu, un être qui n'avait plus rien d'humain.

Ses prunelles brillantes, son expression évoquaient un prédateur sauvage. Pourtant, Poppy le remarqua à peine car elle ne voyait que ses dents.

Pas des dents. Des crocs. Des canines de félin, longues et incurvées, qui se terminaient en pointe effilée.

Rien à voir avec ces gadgets vendus aux rayons farces et attrapes. Elles paraissaient puissantes, aiguisées, parfaitement réelles.

Poppy hurla.

James la bâillonna d'une main.

– Pas la peine de faire revenir l'infirmière.

Lorsqu'il lui eut libéré la bouche, elle s'écria :

– Oh, mon Dieu, mon Dieu !

– Tu te souviens du nombre de fois où tu as dit que je lisais dans tes pensées ? Ou quand je percevais des choses que tu n'entendais pas ? Ou quand je me déplaçais plus vite que toi ?

– Oh, mon Dieu !

– C'est vrai, Poppy.

Soulevant une chaise, il en tordit un pied sans le moindre effort apparent.

– Nous sommes plus forts que les humains.

Ce disant, il redressait le pied, remettait la chaise à sa place, comme si de rien n'était.

– Nous voyons mieux dans le noir. Nous sommes bâtis pour la chasse.

Poppy parvint enfin à exprimer une pensée cohérente.

– Je me fiche de ce que tu sais faire ! lança-t-elle d'une voix stridente. Tu ne peux pas être un vampire. Je te connais depuis que tu as cinq ans. Tu as vieilli normalement, année après année, comme moi. Ça veut dire quoi, ça ?

– Tu te trompes complètement. Tout ce que tu crois savoir à propos des vampires, tu l'as pioché dans les livres et à la télé, des trucs écrits par les humains, je te le garantis. Personne dans le Night World ne briserait le secret.

– Le Night World… c'est où, ça ?

– Nulle part et partout. Ce n'est pas un endroit, c'est une société secrète, pour les vampires, les sorcières et les loups-garous. Du beau monde. Je t'expliquerai tout ça plus tard.

Il sourit avant d'ajouter :

– En attendant… c'est tout simple, je suis vampire parce que mes parents le sont. Je suis né comme ça. Nous sommes des lamies.

Quant à Poppy, elle songeait à M. et Mme Rasmussen avec leur luxueux ranch et leur Mercedes.

– Tes parents ?

– Le mot « *lamie* » est le terme ancien pour dire vampire mais, chez nous, il sert à désigner ceux qui sont nés ainsi. Nous naissons et nous grandissons comme les humains, sauf que nous pouvons arrêter le processus quand ça nous chante. Nous respirons. Nous vivons au grand jour. Nous pouvons même nous alimenter normalement.

– Tes parents… répéta Poppy abasourdie.

– Oui. Mes parents. D'après toi, pourquoi ma mère est-elle décoratrice d'intérieur ? Pas parce qu'elle a besoin d'argent mais parce que ça lui permet de rencontrer beaucoup de gens ; même chose pour mon père avec son cabinet de psychologue. Il ne nous faut que quelques minutes par jour, ensuite, les humains oublient tout.

– Alors, comme ça, tu… bois le sang des autres… c'est ça ?

Malgré tout ce qu'il venait de lui démontrer, elle n'avait pu s'empêcher de rire.

Quant à James, il gardait les yeux sur ses chaussures.

– Ouais. Évidemment.

Relevant la tête, il posa sur elle un regard à l'éclat métallique.

Vif et argenté.

Elle s'adossa à ses oreillers. Sans doute n'avait-elle pas trop de mal à le croire, après qu'il lui fut arrivé l'impensable. Alors que toute sa vie venait de lui échapper, que son monde se retrouvait sens dessus dessous, comment s'accrocher encore au mot « impossible » ?

Je vais mourir et mon meilleur ami est un monstre sanguinaire.

Plus le courage de discuter, elle avait perdu son énergie. Un long moment, tous deux se regardèrent en silence.

– D'accord, conclut-elle.

– Je ne t'ai pas raconté ça juste pour me libérer d'un poids, souffla-t-il. Je t'ai dit aussi que je pouvais te sauver.

– Ah oui, peut-être… Et comment, au juste ?

– Comme tu peux l'imaginer.

– James, je ne suis plus capable d'imaginer quoi que ce soit.

Les yeux dans le vague, il glissa une main sous la couverture pour lui saisir la jambe, qu'il secoua affectueusement.

– Je vais te transformer en vampire, gamine.

Portant les poings à son visage, elle éclata en sanglots.

– Hé ! s'écria-t-il en la prenant par les épaules. Arrête ! C'est une solution, je t'assure. Ça vaut mieux que ce qui t'attend, non ?

– Tu es... complètement... barge !

D'un seul coup, elle laissait couler ce torrent de larmes, elle ne pouvait l'arrêter. Ça faisait du bien de pleurer, de se voir réconfortée par James. Il était fort, solide, et il sentait bon.

– Tu as dit qu'il fallait être né comme ça, objecta-t-elle soudain.

– Non, j'ai dit que moi, j'étais né comme ça. Mais beaucoup d'entre nous ont été métamorphosés. Et ils seraient encore plus nombreux sans cette loi qui nous empêche d'en faire profiter n'importe qui à tout bout de champ.

– Mais je ne peux pas. Je suis ce que je suis. Moi-même. Je ne peux pas... faire ça.

– Alors tu mourras. En fait, tu n'as pas le choix. J'ai vérifié, crois-moi, j'ai même interrogé une sorcière. Le

Night World n'a rien d'autre à t'offrir pour t'aider. Tu n'as qu'une question à te poser : est-ce que tu veux vivre ou non ?

L'esprit encore désorienté de Poppy se concentra soudain sur cette question. Comme si on venait d'allumer une torche dans la nuit.

Voulait-elle vivre ?

Bien sûr que oui !

Jusqu'à ce matin, elle avait cru que c'était un droit inaltérable. Elle ne s'en réjouissait même pas. C'était normal. Désormais, cependant, elle savait qu'elle ne pouvait plus compter dessus, mais qu'elle était prête à se battre pour le conserver.

Réveille-toi, Poppy ! Puisqu'il dit qu'il peut te sauver…

– Attends, lâcha-t-elle. Il faut que je réfléchisse.

Elle ne pleurait plus, l'œil fixé sur la couverture blanche.

C'est ça, remets donc un peu d'ordre dans tes idées. Tu ne te doutais de rien, et alors ? Démon ou pas, c'est toujours James et il veut t'aider. C'est même la seule personne au monde qui puisse quelque chose pour toi.

Sans le regarder, elle lui agrippa la main.

– Quel effet ça fait ? demanda-t-elle entre ses dents.

– C'est différent. Je ne te le conseillerais pas si tu avais un autre choix, mais… ça ira. Tu seras malade tout le temps de ta métamorphose, seulement, ensuite, tu n'attraperas plus jamais aucune maladie. Tu seras forte, vive et complètement amorale.

– Je vivrai éternellement ? Mais est-ce que je pourrai arrêter de vieillir ?

Combien avait-on de rides à trois cents ans ?

Il fit la grimace.

– Poppy... tu arrêterais de vieillir dès maintenant. C'est le sort de ceux qui ne sont pas nés vampires. En tant que mortelle, tu es en train de mourir. Pendant un certain temps, tu auras effectivement l'air d'être morte et tu seras inconsciente. Et puis... tu te réveilleras.

Un peu comme la Juliette de Roméo, ou comme Blanche-Neige. D'un seul coup, elle songea à sa mère, à Phil... *Oh, mon Dieu !*

– Il y a autre chose que tu dois savoir, reprit James. Il existe un certain pourcentage de personnes qui n'y arrivent pas.

– À quoi ?

– À passer le cap de la métamorphose. Après vingt ans, c'est le cas d'à peu près tout le monde. Ils ne se réveillent plus. Leurs corps ne supportent pas ces transformations et se consument. Pour les adolescents, c'est plus facile mais ils ne tiennent pas tous le coup.

Curieusement, cela rassura Poppy. Elle acceptait plus facilement un espoir raisonnable qu'une garantie absolue. À elle de prendre le risque de vivre.

– Et comment ça se passe ? demanda-t-elle à James.

– Par un échange de sang.

Génial ! Et moi qui avais peur d'une simple piqûre. Maintenant je vais avoir droit aux crocs d'un vampire.

Le regard dans le vague, elle déglutit.

– C'est à toi de décider, Poppy.

Après un long silence, elle laissa tomber :

– Je veux vivre.

– Bon, mais ça veut quand même dire que tu vas partir d'ici. Quitter tes parents. Ils ne doivent rien savoir.

– Oui, je m'en rends compte. Un peu comme si le FBI m'attribuait une nouvelle identité ?

– C'est encore plus radical. Tu vas changer d'existence, entrer dans le Night World, un univers solitaire, plein de secrets. Au moins tu y seras debout sur tes jambes, pas allongée dans un cercueil.

Lui prenant la main, il ajouta d'un ton grave :

– Tu veux commencer maintenant ?

Pour toute réponse, elle ferma les yeux, se préparant à subir la suite, comme chaque fois qu'on allait lui faire une piqûre.

– Je suis prête, finit-elle par souffler.

James éclata de rire, comme s'il ne pouvait s'en empêcher. Puis il replia la barre du lit et vint s'allonger à côté d'elle.

– En général, expliqua-t-il, j'ai affaire à des gens hypnotisés. Ça me fait drôle de te voir éveillée.

– Bon, si je crie, tu peux m'hypnotiser, marmonna-t-elle sans rouvrir les yeux.

On se détend. Même si ça fait mal, même si c'est effroyable, tu as tout à y gagner. Sinon c'est la mort.

Son cœur battait à tout rompre.

Elle sentit deux doigts froids se poser sur sa carotide.

– C'est là, murmura James.

Vas-y ! Qu'est-ce que tu attends ?

Il se rapprocha encore, la prit par les épaules. Elle sentait sa présence de tous les nerfs de son corps ; un souffle tiède lui effleura la gorge et, subitement, deux dents lui transpercèrent la peau.

Deux crocs qui ouvraient le passage à son sang…

Là, ça va faire mal.

Elle ne pouvait se maîtriser davantage. Sa vie était entre les mains d'un chasseur et elle restait là, tel un lapin pris dans les anneaux du serpent, une souris sous les griffes du chat. Elle ne se percevait plus comme la meilleure amie de James mais comme un repas…

Poppy, qu'est-ce que tu fais ? Ne résiste pas. Ça fait mal quand on résiste.

James était en train de lui parler, pourtant les lèvres plaquées contre sa gorge ne remuaient pas. Cette voix résonnait dans sa tête.

Je ne résiste pas. Je sais que ça va faire mal, c'est tout.

Une sensation de brûlure la crispa. Elle s'attendait au pire mais cela ne se passa pas ainsi.

En fait, ce fut plutôt agréable. Une impression d'abandon, de libération.

Et cette proximité. Tous deux se rapprochaient sans cesse, telles deux gouttes d'eau sur le point de fusionner.

Elle percevait l'esprit de James, ses pensées, ses émotions. Tendresse... vigilance... affection. Une rage froide contre la maladie qui la menaçait. Le désespoir de ne trouver aucune autre solution pour l'aider. Et ce désir de tout partager avec elle, de la rendre heureuse.

Oui.

Une vague de douceur lui donna le vertige. Elle s'accrochait à la main de James, leurs doigts se mêlaient.

James !

Saisie de joie autant que d'étonnement, elle lui offrit le rêve d'une caresse.

Poppy.

Il lui communiqua sa surprise et son ravissement.

Cependant, le plaisir virtuel progressait en elle, la faisant frissonner de délice.

Quelle idiote ! songea-t-elle. *Moi qui avais peur de cet instant ! Ce n'est pas si terrible que ça, c'est... agréable.*

Jamais elle ne s'était sentie aussi proche de quiconque. Comme s'ils ne faisaient plus qu'un, non plus prédateur et proie mais partenaires de danse. Poppy-et-James.

Elle pouvait toucher son âme.

Bizarrement, c'était à lui que cela faisait peur. Elle le sentait. *Poppy, arrête... trop de sombres secrets... je ne veux pas que tu voies...*

Sombres peut-être, mais pas atroces. Tant de solitude, ce sentiment de n'appartenir à aucun des mondes qu'il connaissait. De n'être chez lui nulle part. Sauf...

Soudain, elle aperçut sa propre image. Dans l'esprit de James, elle apparaissait fragile et gracieuse, un esprit de l'air aux yeux d'émeraude. Une sylphide, au cœur d'acier.

Je ne suis pas vraiment comme ça. Je ne suis pas grande et belle comme Jacklyn ou Michaela...

Les paroles qu'elle entendit en réponse ne parurent pas s'adresser directement à elle... Elle avait l'impression que c'étaient plutôt des pensées intimes ou les souvenirs de quelque livre oublié depuis longtemps.

On n'aime pas une fille pour sa beauté mais parce qu'elle chante une chanson qu'on est le seul à comprendre...

En même temps montait un fort instinct de protection. C'était donc ce que James ressentait à son égard...

enfin, elle savait. Comme s'il voyait en elle un trésor, qu'il lui fallait défendre à tout prix...

À tout prix. Quoi qu'il puisse lui en coûter. Poppy tenta de suivre ces pensées plus loin au fond de lui, de découvrir ce que cela signifiait. Elle perçut une impression de règlements... non, de lois...

Poppy, ça ne se fait pas de fouiller l'esprit d'un autre sans en avoir l'autorisation.

Elle recula mentalement. Elle ne voulait pas se mêler de ce qui ne la regardait pas. Elle voulait juste participer...

Je sais.

La pensée de James l'avait atteinte dans une onde de chaleur et de gratitude. Elle se détendit pour ne plus apprécier que cet instant d'union.

Si ça pouvait durer toujours...

À cet instant précis, tout s'arrêta. La douce brûlure dans son cou et James qui la lâchait, qui se relevait. Elle laissa échapper une protestation, voulut le ramener à elle. Il l'en empêcha.

– Non, murmura-t-il. On va passer à la phase suivante.

Pourtant il ne bougea pas, la gardant dans ses bras, la bouche sur son front. Elle se sentait en paix, languide.

– Tu ne m'avais pas dit que ce serait comme ça, articula-t-elle.

– Je ne savais pas, avoua-t-il. C'est la première fois que ça se déroule ainsi.

Ils restaient assis là et James lui caressait doucement les cheveux.

Bizarre, songea-t-elle. *Tout est comme avant, pourtant tout a changé.*

Comme si elle venait d'aborder la terre ferme après avoir failli se noyer dans l'océan. La terreur qui l'avait habitée n'existait plus ; pour la première fois de sa vie, elle se sentait complètement à l'abri.

Au bout d'une minute, il secoua la tête, se redressa.

– Qu'est-ce qu'on doit encore faire ? demanda-t-elle.

Pour toute réponse, il se planta le poignet dans la bouche, tourna brusquement la tête, comme s'il voulait en arracher un morceau de tissu.

Lorsqu'il le lui présenta, Poppy y vit du sang.

Un petit ruisseau qui se mettait à couler le long du bras, tellement rouge qu'il en paraissait irréel.

Le souffle court, elle fit non de la tête.

– Ce n'est pas si terrible, affirma James. Tu dois le faire. Si tu n'as pas un peu de mon sang dans le corps, tu ne deviendras pas vampire en mourant, tu mourras, point final. Comme n'importe quelle victime humaine.

Et je veux vivre. Alors, allons-y.

Fermant les yeux, elle laissa James lui guider la tête vers son poignet.

Ça n'avait pas un goût de sang, du moins le genre de sang qu'elle avait pu goûter en se mordant la langue ou en léchant une coupure sur son doigt.

Elle l'aurait plutôt décrit comme un élixir magique. De nouveau, elle pénétra dans l'esprit de James et, enivrée par leur fusion, elle se mit à le boire, avidement.

C'est bien, lui dit-il, *absorbes-en beaucoup.* Cependant, cette voix mentale lui parut plus faible qu'auparavant. Ce qu'elle perçut comme un signal d'alarme.

Mais qu'est-ce que ça va te faire, à toi ?

– Ça ira, répondit-il tout fort. C'est pour toi que je m'inquiète. Si tu n'en avales pas assez, tu courras un grand danger.

Bon, c'était lui l'expert. Elle ne se fit pas prier, d'autant qu'elle éprouvait un plaisir certain à sentir couler en elle ce breuvage. Elle se prélassait dans la lumière qui semblait l'éclairer de l'intérieur. Elle se sentait si tranquille, si paisible.

Brusquement, sans crier gare, ce calme se brisa, brouillé par une voix hérissée de surprise :

– À quoi vous jouez, là ?

Soulevant les paupières, Poppy aperçut Phillip dans l'encadrement de la porte.

6

James réagit vite. Attrapant le gobelet de plastique sur la table de nuit, il le tendit à Poppy. Elle comprit aussitôt. La tête lui tournait, elle avait du mal à coordonner ses mouvements, cependant elle put avaler en hâte une goulée d'eau afin d'effacer toute trace de sang sur ses lèvres.

– À quoi vous jouez, là ? répéta Phillip en entrant dans la chambre.

Il paraissait plutôt questionner James, ce qui était une bonne chose car cela permit à sa sœur de positionner sa tête sur l'oreiller de façon à cacher les traces de dents sur son cou.

– C'est pas ton problème.

En même temps, elle comprit qu'elle commettait une erreur. Jamais Phillip, si cool, si raisonnable, ne lui avait paru à ce point agité.

Maman lui a tout dit.

– Enfin, corrigea-t-elle, on ne fait rien du tout !

Ce qui n'arrangea pas les choses. Il semblait considérer Poppy comme l'être le plus menacé au monde. Et comment lui en vouloir alors qu'il venait de la surprendre dans une posture pour le moins étrange sur ce lit d'hôpital ?

– James essayait de me rassurer parce que j'avais peur.

Inutile de s'échiner à expliquer pourquoi ce dernier lui tenait la tête au creux du coude. Néanmoins, elle jeta un coup d'œil vers son bras qu'elle était encore en train de mordre quelques secondes auparavant, pour constater que la blessure en était quasi fermée, que les traces s'effaçaient. D'ailleurs, James se levait lentement, ses prunelles argentées fixées sur l'intrus.

– Tout va bien, assura-t-il.

Pas impressionné du tout, Phillip se détourna pour ne plus dévisager que sa sœur.

Ça ne marche pas, songea-t-elle. *Il doit être trop furieux pour se laisser hypnotiser, ou trop buté.*

Elle interrogea James du regard, à quoi il répondit d'un imperceptible signe de tête. Il ne paraissait pas comprendre lui non plus.

Cependant, tous deux voyaient ce que cela impliquait : James allait devoir s'en aller. Poppy se sentait trahie, furieuse. Elle n'avait qu'une envie, poursuivre leur discussion, se délecter de leur découverte mutuelle… et voilà qu'il fallait tout arrêter. À cause de Phil.

– Qu'est-ce que tu fiches ici, d'abord ? lui demanda-t-elle d'un ton irrité.

– J'ai ramené maman. Tu sais qu'elle n'aime pas conduire la nuit. Et je t'ai apporté ça.

Ce disant, il posait sur la table de nuit son énorme radio-réveil et une boîte de CD.

– Toute ta musique préférée.

Ce qui eut pour effet de calmer la colère de Poppy.

– Merci, c'est gentil, souffla-t-elle émue.

D'autant qu'il n'avait pas dit, comme d'habitude, « ta musique glauque ».

Il ne s'abstint pas pour autant de jeter un œil noir à James. *Pauvre Phil !* songea Poppy. Il semblait carrément ébouriffé, les yeux gonflés.

– Où est maman ? demanda-t-elle à l'instant même où celle-ci entrait.

– Ici, ma chérie. James ! Que c'est gentil d'être venu !

– Il allait justement partir, marmonna Phil. Je vais d'ailleurs l'accompagner à la sortie.

Comprenant qu'il était inutile de discuter, James se tourna vers Poppy :

– À demain.

Ses yeux, qui avaient repris leur vraie couleur grise, brillaient d'une lumière intense, réservée à elle seule. Une lumière qu'elle n'y avait encore jamais vue.

– Au revoir, James, murmura-t-elle. Et... merci.

Elle savait très bien qu'il avait compris tout ce qu'elle entendait par là.

Dès qu'il eut franchi la porte, Phil le suivit, tel un videur aux trousses d'un trublion. Une pensée subite la fit frémir.

James avait dit qu'elle serait en danger si elle n'absorbait pas assez de son sang. Aussitôt après, ou presque, ils avaient été interrompus. En avait-elle bu suffisamment ? Sinon, qu'allait-il se passer ?

Elle n'en avait pas la moindre idée et ne pouvait en aucune façon poser la question à James pour le moment.

Phil colla aux talons de James jusqu'à la sortie de l'hôpital.

Pas ce soir, se disait ce dernier. Ce n'était pas le moment d'affronter Phillip North. Il perdait patience, une seule pensée occupait son esprit : savoir si Poppy avait ou non bu assez de son sang pour être à l'abri. Il pensait que oui mais plus tôt il en serait certain mieux ce serait.

– Tu lui as dit « à demain », éructait Phil. Tu peux toujours te brosser !

– C'est bon, lâche-moi !

Lui barrant carrément le passage, Phil se planta devant lui, le souffle court, les yeux étincelants de rage.

– Écoute, mon pote, je ne sais pas à quoi tu joues avec elle mais c'est fini, là. À partir de maintenant, tu dégages. Pigé ?

James chassa l'envie de lui casser la figure. C'était quand même le frère de Poppy, et ses prunelles vertes rappelaient singulièrement celles de sa jumelle.

– Jamais je ne lui ferais de mal, maugréa-t-il.

– Arrête ! Bientôt tu vas me dire que tu ne veux pas sortir avec elle.

Sur le coup, James ne sut comment réagir. La veille, il aurait pu répondre par l'affirmative sans hésiter, parce que ç'aurait été signer leur arrêt de mort à tous les deux. Mais, depuis que Poppy se voyait bel et bien menacée de mort, il lui avait fallu changer d'avis.

Et maintenant... maintenant qu'il s'était rapproché d'elle, il l'avait découverte encore plus courageuse, plus héroïque qu'il ne l'aurait imaginée, mais aussi plus tolérante et plus vulnérable.

Il avait tellement envie de la retrouver que sa gorge se serrait. Auprès d'elle, il se sentait bien.

Et ce n'était sans doute pas tout.

À présent qu'ils avaient échangé leurs sangs, un lien puissant s'était tissé entre eux. À vrai dire, il ne devrait pas profiter de la situation, ni de la gratitude de la jeune fille envers lui. Il ferait mieux de s'éloigner un peu d'elle, jusqu'à ce qu'elle sache où elle en était. Lui laisser le temps d'y voir clair en elle.

– Jamais je ne lui ferais de mal, répéta-t-il. Tu peux me croire, quand même !

De nouveau, il tenta de capter le regard de Phillip en disant cela mais le résultat ne fut pas plus concluant que dans la chambre. Et s'il faisait partie de ces rares humains qui ne se laissaient pas influencer ?

– Je n'arrive pas à y croire, justement ! Je te connais, toi et tes petites copines. Tu en alignes six ou sept par an et, quand tu en as marre, tu les jettes comme de vieilles chaussettes.

Un court moment, James s'amusa de la situation. Phil n'aurait su mieux dire : il avait effectivement besoin d'au moins six filles par an. Au bout de deux mois, le lien qui les unissait devenait trop fort pour rester sans danger.

– Poppy n'est pas ma petite amie et je ne la laisserai jamais tomber.

Au fond, il ne mentait même pas : Poppy n'était pas sa petite amie au sens strict du terme. Tous deux n'avaient jamais fait qu'unir leurs âmes, sans parler de sortir ensemble ni rien de tel.

– Attends, tu ne vas même pas essayer de sortir avec elle, c'est ça ?

Ce disant, Phil effectuait sans doute le geste le plus dangereux de sa vie. Il attrapait James par le devant de sa chemise.

Abruti d'humain ! songea celui-ci. Il pouvait d'une pichenette lui casser tous les os de la main, ou le soulever de terre pour l'envoyer valser à travers le parking jusque dans le pare-brise d'une voiture. Ou…

– Tu es le frère de Poppy, grommela-t-il entre ses dents. Alors je vais te donner une chance de t'en tirer.

Phil écarquilla les yeux et le lâcha soudain, un rien secoué. Mais pas assez pour se taire.

– Oublie-la. Tu n'y comprends rien. Sa maladie, c'est grave. Ce n'est pas le moment de l'embêter avec tes histoires. Il lui faut…

Il s'interrompit.

D'un seul coup, James en eut assez. Il ne pouvait en vouloir à Phil de s'inquiéter, d'avoir l'esprit plein d'images où il voyait mourir sa sœur. En général, il ne percevait qu'une représentation globale de ce que ruminaient les humains mais, là, les pensées de Phil hurlaient en lui avec une telle violence qu'elles en devenaient assourdissantes.

Puisque les demi-vérités et les dérobades n'avaient pas fonctionné, il était temps de passer aux mensonges éhontés. N'importe quoi pour échapper à la colère du jeune homme.

– Je sais que la maladie de Poppy est grave, commença-t-il. J'ai trouvé un article dessus sur le Net. C'est même pour ça que je suis venu, d'accord ? Je suis désolé pour elle, comme on peut l'être pour une amie, j'en rajoute parce que je sais que ça lui fait du bien de croire que je tiens à elle.

Phillip hésita un instant puis baissa la tête.

– Les amis c'est une chose, mais je ne veux pas que tu lui fasses ce cinéma. Ce n'est pas ça qui la guérira. Au contraire. Je lui ai vraiment trouvé une sale mine, tout à l'heure.

– Tu crois ?

– Elle était toute pâle, elle tremblait. Tu la connais, tu sais à quel point elle peut s'emballer pour certaines choses. Ce n'est pas le moment de jouer avec ses émotions. Alors je te conseille de t'éloigner d'elle un certain temps. Pour qu'elle ne se fasse pas d'idées.

– C'est toi qui vois...

En fait, James ne l'écoutait même plus.

– Bon, alors je compte sur toi. Et si jamais tu remets les pieds ici, tu sentiras ta douleur.

James ne l'écoutait pas davantage. Ce en quoi il commettait une erreur.

Dans la chambre aux lumières éteintes, Poppy entendait la respiration de sa mère.

Tu ne dors pas, et moi non plus. Et tu le sais très bien, et moi aussi...

Cependant, elles ne pouvaient parler. Poppy avait pourtant une envie folle de lui faire savoir que tout allait bien se terminer pour elle... mais comment s'y prendre ? Elle ne pouvait trahir le secret de James. Et même si elle le pouvait, sa mère ne la croirait pas.

Il faut que je trouve un moyen. Absolument. D'un seul coup, une immense lassitude s'empara d'elle. Elle venait de vivre la journée la plus longue de sa vie et, déjà, un sang étrange opérait en elle. Impossible... impossible de garder les yeux ouverts.

À plusieurs reprises, une infirmière vint vérifier son état sans vraiment déranger Poppy. Pour la première fois depuis des semaines, aucune douleur ne vint l'arracher à son sommeil.

Le lendemain matin, à son réveil, elle se sentait épuisée et n'y voyait presque plus rien tant elle était gênée par les taches noires qui lui dansaient devant les yeux.

Comme elle s'asseyait, elle entendit la voix de sa mère :

– Tu as faim ? On t'a apporté ton petit déjeuner.

L'odeur des œufs brouillés lui souleva le cœur mais elle fit mine d'en manger un peu pour ne pas s'attirer trop de questions. Puis elle alla se laver. Dans la salle de bains, elle put examiner son cou dans la glace. Étonnant, il n'y restait aucune trace. En sortant, elle surprit sa mère en pleurs.

Non pas des sanglots mais de petites larmes qu'elle épongeait avec un Kleenex. Insupportable.

– Maman, si tu ne sais pas comment me l'annoncer... je sais tout.

Elle avait laissé échapper la phrase sans y réfléchir.

Tressaillant d'épouvante, Mme Hilgard leva sur sa fille un visage éploré.

– Ma chérie... tu sais... ?

Trop tard pour reculer, désormais.

– Je sais ce que j'ai, je sais que c'est grave. Je vous ai entendus en parler, Cliff et toi, avec les médecins.

– Oh, mon Dieu !

Comment lui expliquer que je n'ai plus rien à craindre ? Maman, tout va bien, je vais mourir et devenir un vampire. Enfin, j'espère. Je ne suis pas trop sûre parce que, parfois, ça ne marche pas. Mais avec un peu de chance, dans quelques semaines, je devrais pouvoir sucer le sang des autres.

Elle n'avait pas demandé à James combien de temps il faudrait pour la métamorphoser.

Sa mère poussait de longs soupirs pour se calmer.

– Ma puce, tu dois savoir à quel point je t'aime. Avec Cliff, nous sommes prêts à faire tout ce qui est en notre pouvoir pour t'aider. En ce moment, il étudie certains protocoles cliniques, tu sais, des études expérimentales sur les nouveaux traitements en cours. Si on pouvait juste... gagner du temps... jusqu'à ce qu'un remède...

Poppy avait du mal à supporter la douleur de sa mère. Elle l'éprouvait, littéralement, qui lui parvenait par vagues palpables à travers son système sanguin, au point de lui donner le vertige.

C'est ce sang. Il agit sur moi... il me transforme.

Elle s'approcha de sa mère. Elle avait envie de la prendre dans ses bras, de l'étreindre.

– Je n'ai pas peur, maman, souffla-t-elle contre son épaule. Je ne peux pas t'expliquer pourquoi mais je ne veux pas que tu aies du chagrin à cause de moi.

Mme Hilgard l'étreignit de toutes ses forces, comme si la mort pouvait déjà lui arracher son enfant à tout instant.

Poppy se mit aussi à pleurer même si elle savait qu'elle ne mourrait pas vraiment, elle se rendait compte à cet instant de tout ce qui allait lui manquer, son ancienne vie, sa famille, tout ce qui faisait son environnement. Et cela faisait du bien de pouvoir s'épancher ainsi.

Passé ce moment d'émotion, elle revint à la charge.

– S'il y a une chose que je ne veux pas, c'est que tu t'inquiètes ou que tu sois triste. Alors, tu me promets d'essayer ? Pour moi ?

Houlà ! Je commence à ressembler à Beth dans Les Quatre Filles du Dr March. *Sainte Poppy. Alors que si je devais vraiment mourir, je serais en train de hurler et de me débattre tant que je pourrais.*

Cependant, elle était au moins parvenue à réconforter sa mère qui se redressa, l'air soudain digne et fier malgré ses larmes.

– Tu m'étonneras toujours, fillette, souffla-t-elle d'une bouche tremblante.

Sainte Poppy détourna les yeux, affreusement gênée, et fut alors sauvée par un nouveau vertige qui permit à sa mère de la remettre au lit et de la border tendrement.

Alors seulement elle parvint à poser la question qui lui brûlait les lèvres.

– Maman, et s'il existait un remède quelque part ? Tu sais, dans un pays lointain par exemple, et si je pouvais aller là-bas, y guérir mais sans jamais revenir ? Enfin tu vois, tu saurais que je vais bien mais tu ne pourrais jamais plus me revoir. Tu accepterais ?

– Ma chérie, je t'enverrais sur la Lune si ça pouvait te guérir...

Elle dut s'interrompre une minute tant l'émotion était forte, avant de reprendre :

– Malheureusement, ma puce, un tel endroit n'existe pas.

– Je sais, soupira Poppy en lui caressant le bras. Je voulais juste te poser la question. Je t'aime tellement, maman !

Dans la matinée, le Dr Franklin et le Dr Loftus lui rendirent visite. L'épreuve ne s'avéra pas aussi terrible que Poppy aurait pu l'imaginer même si elle s'en voulut un peu de son hypocrisie lorsqu'ils s'émerveillèrent devant son « extraordinaire attitude ». Ils évoquèrent les bons moments qui l'attendaient encore, le fait qu'aucun cancer ne ressemblait à un autre, assurant qu'ils connaissaient des malades qui s'en étaient sortis envers et contre toutes les statistiques. Réprimant des haut-le-cœur, sainte Poppy écoutait en approuvant de la tête... jusqu'au moment où ils parlèrent de lui faire passer d'autres examens.

– Il vous faudrait une angiographie et une laparotomie, dit le Dr Loftus. Alors, une laparotomie, c'est...

– Des tubes plantés dans mes veines ? s'exclama Poppy malgré elle.

Trois paires d'yeux stupéfaits se posèrent sur elle. Et puis le Dr Loftus observa, avec un sourire contraint :

– On dirait que vous vous êtes renseignée sur la question.

– Non, je... ce doit être un souvenir de je ne sais plus où.

À vrai dire, elle savait très bien d'où lui provenaient ces images : tout droit de la tête du Dr Loftus. Mieux vaudrait réfléchir avant de parler, pourtant elle était trop désemparée.

– Mais je n'ai pas besoin de ces examens ! Je veux dire, vous savez déjà ce que j'ai. Et puis ça fait mal.

– Poppy ! intervint doucement sa mère.

Cependant, le Dr Loftus répondait lentement :

– On a parfois besoin de ces interventions pour confirmer un diagnostic. Mais dans votre cas... Non, c'est vrai qu'elles ne sont pas indispensables. Nous sommes déjà certains.

– Alors ça ne servirait à rien, conclut Poppy. Je préférerais rentrer chez moi.

De nouveau, les médecins se consultèrent du regard puis se tournèrent vers Mme Hilgard. Ils n'eurent pas besoin d'échanger une parole pour décider de sortir délibérer dans le couloir.

En les voyant revenir, elle comprit qu'elle avait gagné.

– Vous pouvez rentrer chez vous, dit le Dr Franklin. Du moins jusqu'à ce que vous développiez d'autres symptômes. L'infirmière va expliquer à votre maman quels sont les signes qu'elle doit guetter.

À peine seule, Poppy appela James. Il répondit dès la première sonnerie :

– Comment ça va ?

– J'ai la tête qui tourne, murmura-t-elle pour ne pas être entendue de sa mère qui s'entretenait au-dehors avec une infirmière. Mais je me sens très bien. Je vais rentrer chez moi.

– Bon, je passe te voir cet après-midi. Téléphone-moi dès que tu as une heure devant toi. Et surtout, ne préviens pas Phil que j'arrive.

– Pourquoi ?

– Je t'expliquerai.

En arrivant à la maison, elle eut la surprise de trouver Cliff et Phil qui l'attendaient. Tout le monde se montra d'une gentillesse excessive à son égard, tout en faisant comme si de rien n'était. (Poppy avait entendu l'infirmière dire à sa mère qu'il était préférable de continuer à observer un rythme de vie normal.)

On dirait mon anniversaire. Comme si on me préparait une super fête. Toutes les cinq minutes, le carillon de la porte sonnait pour annoncer une nouvelle livraison de fleurs. Sa chambre ressemblait à une serre.

Elle s'en voulait à cause de Phil. Il paraissait très secoué, même s'il gardait courageusement la tête haute. Si seulement elle pouvait le réconforter comme elle l'avait fait avec sa mère... Mais comment ?

Finalement, mieux valait jouer franc jeu :

– Viens ici, lui ordonna-t-elle.

Comme il obtempérait, elle le serra fort dans ses bras.

– Tu vas t'en tirer, murmura-t-il. Je le sais. Personne n'a plus envie de vivre que toi. Et je ne connais personne d'aussi têtu.

Elle comprit alors à quel point il allait lui manquer.

Quand elle le relâcha, elle fut prise de vertige.

– Tu devrais t'allonger, lui conseilla doucement Cliff.

Sa mère vint aider Poppy à se mettre au lit.

– Papa est au courant ?

– J'ai essayé de le joindre hier mais à la station, ils ont dit qu'il était parti s'installer dans le Vermont. Ils ne savent pas exactement où.

Poppy hocha la tête. Cela ressemblait bien à son père, toujours par monts et par vaux. En principe il était DJ, sauf quand il devenait artiste ou magicien. Il avait disparu de la circulation parce qu'il n'était pas très doué ou, du moins, pas assez pour gagner beaucoup d'argent.

Alors que Cliff affichait toutes ces qualités qui manquaient tant au père des jumeaux : responsable, discipliné, travailleur. Ce qui cadrait parfaitement avec les caractères de Phil et de leur mère. Si parfaitement que, parfois, Poppy se sentait comme le mouton noir de la famille.

– Il me manque, souffla-t-elle.

– Je sais. À moi aussi, parfois, avoua Mme Hilgard. Mais nous allons le trouver. Dès qu'il sera au courant, il voudra venir.

Poppy l'espérait bien. Car elle risquait de ne plus avoir une chance de le voir… après.

Ce ne fut qu'une heure avant le dîner que Cliff et Phil se décidèrent à sortir faire des courses ; alors que sa mère s'accordait une petite sieste, Poppy put enfin en profiter pour appeler James.

– J'arrive, promit-il. J'entrerai tout seul.

Dix minutes plus tard, il pénétrait dans sa chambre.

Étranglée par l'émotion, la jeune fille ne savait comment réagir face à lui. Tout avait tellement changé entre eux. Ils n'étaient plus simplement de bons amis.

Ils ne se dirent même pas bonjour. Dès qu'il fit son apparition, leurs regards se fixèrent l'un sur l'autre et, pendant un instant qui parut durer une éternité, ne se quittèrent pas.

Cette fois, alors qu'elle sentait son pouls s'accélérer, comme toujours lorsqu'elle le voyait, ce fut un moment de pur délice. Il tenait à elle, cela se voyait dans ses yeux.

Attends une minute ! lui souffla une petite voix. *Ne tire pas trop vite de conclusions. Il tient à toi, d'accord, ça ne veut pas dire qu'il est amoureux de toi.*

Ta gueule ! s'impatienta une autre petite voix.

Coupant court à ces discussions internes, Poppy demanda :

– Pourquoi tu ne voulais pas que Phil te voie ici ?

James jeta son blouson sur la chaise et s'assit au bord du lit.

– Je voulais juste être tranquille. Tu as toujours mal ?

– Non, fini. C'est drôle, ça ne m'a pas réveillée cette nuit. Et puis il y a autre chose. Je me mets à… enfin, à lire les pensées des gens.

Il eut un léger sourire, d'un seul coin de la bouche.

– Tant mieux. Je me demandais…

Il s'interrompit pour se tourner vers le lecteur de CD et fit jouer une plaintive mélopée bantoue.

– J'avais peur que tu n'aies pas assez absorbé de sang, hier soir, expliqua-t-il à voix basse en regagnant sa place. Cette fois, tu vas devoir en prendre davantage... et moi aussi.

Elle se sentit frémir. Toute révulsion oubliée, elle avait quand même peur des conséquences de ce qu'ils allaient faire. Ce n'était pas seulement un moyen de se rapprocher de James. Ils faisaient ça pour la métamorphoser.

– En tout cas, je ne comprends pas pourquoi tu ne m'as pas mordue avant.

Si elle avait parlé d'un ton qui se voulait désinvolte, sa question était des plus sérieuses.

– Je veux dire, crut-elle bon de préciser, que tu l'as fait à Michaela et à Jacklyn, non ? Et à toutes les autres filles ?

Bien qu'il détournât le regard, sa réponse fut nette :

– Je n'ai pas échangé mon sang avec elles. Mais je me suis nourri du leur, en effet.

– Et pas du mien.

– Non. Comment te dire ? Poppy, le sang des autres ne sert pas qu'à nous nourrir, même si c'est ce qu'exigent les Anciens. D'après eux, les humains ne devraient provoquer chez nous que l'excitation de la chasse. Et c'est ce que j'ai toujours ressenti... jusque-là.

Tâchant de se contenter de cette réponse, Poppy hocha la tête. Elle ne lui demanda pas qui étaient les Anciens.

– Et puis ça peut être dangereux, reprit James. On peut y mettre de la haine, et tuer. Pour de bon.

Précision qui faillit la faire rire.

– Toi ? Tu ne tuerais jamais personne !

Atténuée par les nuages, la lumière du jour était pâle, presque autant que le visage de James, au milieu duquel brillaient des iris argentés.

– Erreur, lâcha-t-il d'une voix sourde. J'ai tué le jour où je n'ai pas échangé assez de sang avec une personne qui n'a ensuite pu revenir sous la forme d'un vampire.

7

– Tu devais bien avoir une raison, rétorqua Poppy. Je sais comment tu es…

Elle avait l'impression de le connaître comme jamais elle n'avait connu personne.

James détourna les yeux.

– Non, aucune, mais j'avais des… circonstances atténuantes. Disons que je me suis fait avoir. Pourtant, ça me donne encore des cauchemars.

Il semblait si fatigué, si triste. *Quel monde solitaire, plein de secrets !* songea Poppy. Un monde qui avait obligé James à garder pour lui le plus terrible des secrets, sans même en parler à sa meilleure amie.

– Ça a dû être terrible, commenta-t-elle, à peine consciente de parler à haute voix. Garder ça pour toi tout le temps. Sans rien dire à personne. Faire semblant…

– Poppy, arrête !

– Quoi ? Que j'arrête de compatir, c'est ça ?

– Personne n'a jamais compris. Et toi ? Comment peux-tu encore t'inquiéter pour moi ? Avec ce qui t'attend ?

– Peut-être parce que... je tiens à toi.

– Alors tu vois, c'est aussi pour ça que je ne t'ai pas traitée comme Michaela ou Jacklyn.

Le souffle court, Poppy fixait ce beau visage aux traits réguliers, ces mèches de soie qui lui retombaient sur le front. *Dis-moi « je t'aime »*, criait une petite voix en elle. *Dis-le-moi, tête de mulet !*

Mais ils n'étaient pas connectés et James ne parut pas avoir entendu quoi que ce soit. Au contraire, il reprit sur un ton des plus méthodiques, rationnels :

– On y va, commença-t-il en allant fermer les rideaux. Le soleil inhibe les pouvoirs d'un vampire.

Poppy en profita pour changer de CD, optant pour un langoureux fado portugais. Puis elle détacha les tentures du baldaquin si bien que, lorsqu'ils reprirent place sur le lit, James et elle se trouvèrent enfermés dans leur cocon de satin crème.

– Je suis prête, souffla-t-elle.

Comme il se penchait, elle se sentit à nouveau fascinée par son regard qui lui ouvrait les portes d'un monde lointain et magique.

Le Night World, se dit-elle en lui offrant son cou.

Cette fois, la double morsure lui procura un authentique plaisir.

Et ce fut encore meilleur lorsque l'esprit de James vint caresser le sien, cette sensation d'unité, de soudaine plénitude qui se répandait en elle comme une poussière d'étoiles.

De nouveau, elle eut l'impression qu'ils se fondaient l'un dans l'autre au moindre contact. Elle sentait ses propres pulsations se répercuter en lui.

Encore plus près... jusqu'au moment où elle perçut comme un mouvement de repli.

James, qu'est-ce qui se passe ?

Rien, lui dit-il. Cependant, elle se rendait bien compte que c'était faux. À croire qu'il cherchait à réduire le lien naissant entre eux... mais pourquoi ?

Poppy, je ne veux pas te forcer. Ce que nous ressentons est... artificiel.

Artificiel ? C'était le sentiment le plus réel qu'elle ait jamais éprouvé. Plus que réel. Au milieu de sa joie, elle sentit soudain monter en elle une sourde colère.

Je ne voulais pas que ça se passe comme ça, continuait-il avec une sorte de désespoir. *C'est juste parce qu'on ne peut pas résister à l'attrait du sang. Tu l'éprouverais même si tu me haïssais. Il ne faut pas...*

Poppy se fichait de ce qu'il fallait ou ne fallait pas. *Si on ne peut pas y résister, pourquoi est-ce que tu essaies ?* demanda-t-elle triomphalement.

Elle crut percevoir une sorte de rire mental et tous deux furent envahis par la même vague de pure émotion.

Le lien du sang, songea Poppy. Enfin James relevait la tête. *Ce n'est pas grave s'il n'a pas dit qu'il m'aimait, on est unis maintenant. Plus personne n'y peut rien.*

Bientôt, elle allait sceller ce lien en buvant de son sang. *Tu pourras toujours essayer d'y résister.* Elle tressaillit en entendant James rire doucement.

– Tu lis encore dans mon esprit ?

– Pas exactement. En fait, c'est toi qui projettes. Et tu es très douée. Tu feras une puissante télépathe.

Intéressant… mais, pour le moment, elle ne se sentait pas puissante du tout. Plutôt démunie comme un chaton, flétrie comme une fleur coupée. Elle avait besoin…

– Je sais, murmura-t-il.

Et de porter un poignet à sa bouche.

Elle l'arrêta d'une main pressante.

– James ? Combien de fois va-t-il falloir faire ça avant que… que je change ?

– Encore une, je pense. Je viens d'y passer pas mal de temps et je te demande d'en faire autant. Et la prochaine fois qu'on fait ça…

Je mourrai, songea-t-elle. *Au moins je sais combien de temps il me reste à vivre sous ma forme humaine.*

Les lèvres de James s'écartèrent pour découvrir de longs crocs aiguisés qu'il planta dans son propre poignet. Il y avait quelque chose de reptilien dans ce mouvement. Le sang jaillit, rouge comme un coulis de cerise.

À l'instant où Poppy se penchait, on frappa à la porte.

Tous deux se figèrent.

On frappa de nouveau. Trop faible pour pouvoir bouger, Poppy n'eut qu'une seule pensée : *pourvu que ce ne soit pas…*

La porte s'ouvrit.

… Phil.

Il parlait déjà quand il passa la tête dans les rideaux :

– Poppy, tu dors ? Maman dit…

Il s'interrompit brutalement, cherchant à tâtons l'interrupteur. D'un seul coup, la lumière brilla dans la pièce.

Génial ! songea Poppy éblouie. Elle leva sur lui un regard plissé.

– Qu'est-ce qui se passe, ici ? lança-t-il d'une voix qui lui aurait valu le premier rôle dans *Les Dix Commandements*.

Puis, sans laisser à sa sœur le temps de reprendre ses esprits, il attrapa James par la main.

– Arrête ! balbutia-t-elle. Phil, c'est trop bête…

– Je croyais qu'on s'était mis d'accord, gronda-t-il à l'adresse de James. Tu n'as pas tenu ta promesse.

À son tour, ce dernier lui avait saisi les bras. Poppy crut qu'ils allaient se battre.

Et elle n'arrivait même pas à aligner deux pensées logiques.

– Tu te fais des idées, maugréa James entre ses dents.

– Ah oui ? Je vous trouve tous les deux au lit, les rideaux tirés et tu dis que je me fais des idées ?

– Sur le lit, corrigea Poppy.

Phil ne releva même pas.

James le secoua d'un mouvement léger qui parut pourtant lui envoyer la tête dans tous les sens.

– Lâche-le ! intervint-elle en essayant de les séparer. Ça va, les mecs ! Phil, tu comprends rien, je te jure que James voulait juste m'aider...

– C'est ça ! hurla son frère. Non mais tu as vu dans quel état ça la met, ton cinéma débile ? Chaque fois que je vous trouve ensemble, elle est blanche comme un linge. Au lieu de l'aider, ça ne fait qu'empirer...

– Qu'est-ce que tu en sais ? coupa James.

Cependant, Poppy essayait de comprendre ce qu'elle venait d'entendre :

– Cinéma ? Débile ?

Là-dessus tout s'arrêta.

Les deux garçons la regardèrent.

– Désolé, dit Phil à Poppy. Je ne voulais pas te dire…

– Boucle-la ! aboya James.

– Seulement j'y suis obligé. Ce salaud se fiche de toi. Il me l'a même dit. Il a pitié de toi, il croit que tu iras mieux s'il en rajoute et fait semblant de t'aimer. Il se prend pour un génie.

– Fait semblant ? répéta Poppy, égarée.

Prise de vertige, elle se rassit, la poitrine comme enserrée dans un étau.

– Il est fou ! protesta James. Écoute…

Mais Poppy n'écoutait pas. En fait, elle ressentait parfaitement le désarroi de Phil, infiniment plus convaincant que n'importe quelle colère. D'autant que Phillip, le droit, l'honnête Phillip, ne mentait pour ainsi dire jamais.

Pas maintenant en tout cas. Ce qui signifiait que… que ce devait être James qui…

La poitrine qui explosait.

– Tu… souffla-t-elle à James. Tu…

Impossible de trouver un mot assez fort pour exprimer sa fureur. Jamais elle ne s'était sentie à ce point blessée, trompée. Elle qui croyait connaître James, elle qui lui vouait une totale confiance… Cela n'en rendait sa trahison que plus exécrable.

– Alors, tu me jouais la comédie ? C'est ça ?

Une petite voix lui soufflait de prendre le temps de réfléchir, qu'elle n'était pas en état de tirer des conclusions cruciales. Mais elle n'était pas davantage en état d'écouter ses voix intérieures. Sa colère l'empêchait d'analyser les véritables raisons de son trouble.

– Tu avais juste pitié de moi ? s'emporta-t-elle.

Submergée par le chagrin et la fureur qu'elle tentait de réprimer depuis un jour et demi, elle ne voyait plus rien d'autre que son désir de faire souffrir James autant qu'elle souffrait.

Le souffle court, celui-ci balbutia :

– C'est justement pour ça que je ne voulais pas que Phil sache...

– Tu m'étonnes ! ragea-t-elle. Je comprends maintenant pourquoi tu ne disais pas que tu m'aimais.

Elle se fichait que Phil l'entende ou non, elle n'en était plus là.

– Tu voulais bien faire tout le reste mais surtout pas m'embrasser ! Sauf que j'en ai rien à fiche, moi, de ta pitié...

– Tout le reste ? s'étrangla Phil. De quoi tu parles ? Je vais te tuer, Rasmussen !

Ce disant, il lui envoyait son poing vers la figure mais James l'esquiva de justesse. Phil recommença aussitôt et, cette fois, son adversaire l'attrapa au col.

Poppy entendit des pas précipités dans le couloir.

– Qu'est-ce qui se passe ? cria sa mère affolée devant la scène qui se déroulait sous ses yeux.

Derrière elle, Cliff apparut presque aussitôt.

– Qu'est-ce que c'est que ce raffut ?

– C'est toi qui la mets en danger, grondait James à l'oreille de Phil. Là, en ce moment !

Il avait l'air féroce, sauvage. Inhumain.

– Lâche mon frère ! cria Poppy les yeux pleins de larmes.

– Oh, ma chérie ! s'exclama Mme Hilgard.

Elle se précipita vers le lit, la prit dans ses bras.

– Les garçons, sortez tous les deux d'ici ! ordonna-t-elle.

Instantanément, l'expression de James se radoucit et il lâcha Phillip.

– Excusez-moi, mais il faut que je reste avec Poppy...

Phillip lui balança un coup de coude dans l'estomac. Sans doute James n'en fut-il pas aussi affecté que n'importe quel humain mais Poppy vit son expression furibonde lorsqu'il se redressa. Soulevant Phil de terre, il l'expédia la tête la première contre la commode.

Sa mère poussa un cri. Cliff se rua pour les séparer.

– Ça suffit ! rugit-il. Phil, ça va ? Qu'est-ce qui vous prend, tous les deux ?

Phil se frottait le front. James ne dit rien. Quant à Poppy, elle n'arrivait plus à ouvrir la bouche.

– Peu importe, reprit Cliff. On est tous un peu à cran. James, je te conseille de rentrer chez toi.

Celui-ci jeta un coup d'œil vers Poppy qui lui tourna ostensiblement le dos pour aller se réfugier dans les bras de sa mère.

– Je reviendrai, annonça-t-il doucement.

Sans doute était-ce une promesse, mais elle y sentit plutôt une menace.

– Pas jusqu'à nouvel ordre, trancha Cliff. Pour le moment, on a tous besoin de se calmer. Allez, ouste !

Du coin de l'œil, Poppy aperçut du sang sur les cheveux blonds de son frère. Elle reniflait et tremblait, s'efforçant d'ignorer le murmure des voix qui s'emmêlaient dans sa tête et ne faisaient qu'ajouter à son vertige, tandis que la musique se lançait dans des rythmes anglais tonitruants.

Au cours des deux jours qui suivirent, James téléphona huit fois.

Ce fut Poppy qui décrocha la première. Il était minuit passé et l'appel lui parvint sur sa ligne personnelle. Aussi répondit-elle machinalement, à moitié endormie.

– Ne raccroche pas, commença-t-il.

Elle raccrocha. Quelques instants plus tard, la sonnerie retentissait de nouveau.

– Poppy, si tu ne veux pas mourir, il faut que tu m'écoutes.

Tremblante, la main agrippée au combiné, elle avait mal à la tête.

– C'est du chantage. Tu es malade.

– C'est la vérité. Écoute-moi. Tu n'as pas bu de sang du tout, aujourd'hui. Je n'ai fait que t'affaiblir et tu n'as rien pris en échange. Ça pourrait te tuer.

Ces paroles lui semblaient parvenir d'un conte de fées. Elle les écarta de son esprit pour se réfugier dans ce brouillard qui l'empêchait de réfléchir.

– Rien à fiche.

– Arrête ! Tu sais très bien que c'est faux. C'est ta métamorphose qui te met dans cet état. Tu ne sais plus où tu en es. Tu deviens trop parano, trop illogique, trop cinglée pour te rendre compte de ce qui t'arrive.

À vrai dire, elle avait l'impression de se conduire comme Marissa Schaffer le soir où celle-ci avait trop bu. Seulement, elle ne pouvait s'en empêcher.

– Dis-moi juste une chose, marmonna-t-elle. C'est vrai que tu as raconté ces trucs à Phil ?

Elle l'entendit pousser un soupir.

– C'est vrai, mais ça ne correspond à rien. C'était juste pour qu'il me lâche.

Cependant, Poppy était trop perturbée pour avoir envie de se calmer.

– Pourquoi je croirais quelqu'un qui ment depuis toujours ?

Là-dessus, elle raccrocha et se mit à pleurer.

Le lendemain, elle demeura toute la journée dans le même état de prostration et de refus. Rien ne semblait réel, ni l'affrontement avec James, ni ses avertissements, ni cette maladie qu'on lui avait diagnostiquée. Surtout pas cette maladie. Son esprit trouva un moyen d'accepter les petites attentions que lui prodiguait son entourage sans les relier pour autant à leur motif.

Elle alla jusqu'à ignorer les commentaires murmurés par sa mère à l'adresse de Phil, s'étonnant de la voir décliner si rapidement, de lui trouver un teint si pâle. En fait, Poppy n'en tira qu'une conclusion : désormais, elle percevait les conversations qui se tenaient dans le couloir aussi clairement que si elles avaient lieu dans sa chambre.

Tous ses sens s'étaient ainsi aiguisés, alors que son esprit flottait toujours dans la même brume opaque. Quand elle se regarda dans la glace, elle fut effectivement frappée par la blancheur cireuse de sa peau, par l'éclat incandescent de ses prunelles vertes.

Aux six autres appels de James, sa mère lui répondit que Poppy se reposait.

Cliff répara la moulure cassée de la commode.

– Je n'aurais jamais cru que ce gars était si fort, observa-t-il.

James referma son téléphone portable et frappa du poing le tableau de bord de son Integra. On était jeudi après-midi.

Je t'aime. Voilà ce qu'il aurait dû dire à Poppy. Maintenant c'était trop tard, elle ne voulait même plus lui adresser la parole.

Pourquoi ne l'avait-il pas dit ? Ses raisons semblaient tellement idiotes, maintenant. Bon, il n'avait pas profité de l'innocence et de la gratitude de Poppy... bravo ! Il lui avait juste percé les veines et brisé le cœur.

Et activé le jour de sa mort.

Cependant, il avait mieux à faire que de s'attarder sur ces considérations. L'heure du spectacle avait sonné.

Sortant de la voiture, il se dirigea vers le grand ranch tout en déboutonnant brusquement son blouson.

D'un tour de clef, il ouvrit la porte et entra sans annoncer sa présence. C'était inutile, sa mère l'avait déjà sentie.

Dans le vestibule au plafond cathédrale, aux murs d'une élégante sobriété, les innombrables lampes étaient couvertes de draperies artistement plissées pour ne répandre qu'une lumière tamisée. On avait l'impression de pénétrer dans une grotte immense.

– Bonsoir James ! lança sa mère qui venait à sa rencontre.

Cheveux noirs de jais, brillants de laque, silhouette parfaite soulignée par son châle de brocart d'or et d'argent, elle fixait sur lui ces mêmes yeux gris aux longs cils qu'elle lui avait transmis. Elle fit mine de l'embrasser, sans lui effleurer la joue.

– J'ai reçu ton message, dit-il. Qu'est-ce que tu veux ?

– Je préférerais attendre que ton père rentre à la maison...

– Désolé, maman, mais je suis pressé. J'ai beaucoup de choses à faire... Je ne me suis pas encore nourri, aujourd'hui.

– Ça se voit.

Elle le fixa un instant sans cligner des paupières puis se tourna en soupirant vers le salon.

– Allons au moins nous asseoir un peu... Tu me sembles bien agité depuis quelque temps.

James s'assit sur le canapé de daim écarlate. C'était le moment de faire preuve de ses dons de comédien.

S'il traversait les minutes à venir sans que sa mère discerne la vérité, il serait sauvé.

– Je suis sûr que papa t'a expliqué pourquoi.

– Oui. Cette petite Poppy. C'est d'un triste !

Le lampadaire à trois branches éclairait d'une lueur rubis la moitié du visage de sa mère.

– Au début, j'ai été touché, déclara-t-il d'une voix neutre, mais ça m'est passé depuis.

Il s'appliquait à surtout ne rien laisser filtrer à travers son aura. L'esprit de sa mère l'effleura, tel un insecte aux antennes dressées ou un serpent humant l'atmosphère du bout de sa langue fourchue.

– C'est étonnant, dit-elle. Je croyais que tu l'aimais bien.

– Oui, mais enfin bon, ce ne sont pas des gens au vrai sens du terme. J'ai plutôt l'impression d'avoir perdu un animal familier. Il faudra que je m'en trouve une autre, voilà tout.

En reprenant les termes de la partie adverse, James faisait preuve d'une audace inédite. Il tâchait de contrôler chacun de ses muscles, afin de ne pas donner prise à l'œil inquisiteur qui guettait la première faille dans sa belle armure. Il pensait de toutes ses forces à Michaela Vasquez, comme si c'était sur elle que devaient se concentrer ses sentiments présents.

Cela fonctionna. Les antennes fouineuses s'éloignèrent de son esprit et sa mère se détendit en souriant gracieusement.

– Je suis contente que tu le prennes ainsi. Mais si tu éprouves le besoin de te confier à quelqu'un... ton père connaît d'excellents thérapeutes.

Elle parlait de thérapeutes de la communauté des vampires, évidemment. Qui sauraient comment lui rentrer dans la cervelle que les humains ne servaient jamais que de garde-manger.

– Je sais que tu tiens autant que moi à éviter les ennuis, ajouta-t-elle. Parce que ça se répercuterait sur toute la famille.

– Bien sûr. Bon, il faut que j'y aille. Tu diras bonjour à papa de ma part, d'accord ?

Il s'approcha à quelques centimètres de sa joue pour faire mine de l'embrasser.

– Au fait ! ajouta-t-elle alors qu'il atteignait la porte. Ton cousin Ash doit venir la semaine prochaine. Je crois qu'il préférerait descendre dans l'appartement, avec toi. D'ailleurs, je suis sûre que tu seras content d'avoir un peu de compagnie.

Aussi content que si tu me tordais le bras, songea James. Il avait complètement oublié cette sinistre perspective. Mais ce n'était pas le moment de discuter. Il sortit, aussi à l'aise qu'un jongleur qui aurait lancé trop de balles en l'air.

De retour dans la voiture, il ouvrit son téléphone, hésita puis le referma sans l'allumer. À quoi bon appeler encore et encore ? Mieux valait envisager une nouvelle stratégie.

Bon, au diable les demi-mesures. Autant lancer l'offensive sur des terrains plus sûrs.

Après quelques minutes de réflexion, il démarra vers McDonnell Drive, puis se gara non loin de la maison de Poppy.

Et attendit.

Il y passerait la nuit s'il le fallait. Cependant, au coucher du soleil, la porte du garage s'ouvrit pour laisser sortir en marche arrière une Volkswagen Jetta blanche. James aperçut une tête blonde derrière le volant.

Salut, Phil. Content de te voir.

Il entreprit de suivre la Jetta.

8

En voyant la voiture se garer dans le parking d'une supérette, James sourit. Il n'eut aucun mal à se cacher dans une zone obscure derrière le magasin.

De là, il pouvait en surveiller l'entrée sans se faire repérer. Lorsque Phil en sortit, armé d'un paquet, il jaillit devant lui.

Le jumeau de Poppy poussa un cri et lâcha aussitôt son sac pour le frapper. Sans grand succès. Le soleil était couché, les pouvoirs de James atteignaient leur maximum.

Entraînant Phil derrière le bâtiment, il le colla contre une benne à ordures.

– Je vais te lâcher maintenant, lui souffla-t-il dans l'oreille. Surtout n'essaie pas de t'échapper, tu commettrais une erreur.

Au son de sa voix, Phil s'était figé.

– Je n'ai aucune envie de m'échapper, Rasmussen. Je veux juste te balancer mon poing dans la figure.

– Vas-y, essaie.

Il faillit ajouter *Fais-moi plaisir,* façon Clint Eastwood, mais se ravisa et le libéra sans plus rien dire. Son adversaire le dévisageait d'un regard haineux.

– Qu'est-ce qu'il y a ? Tu n'as plus assez de filles à te faire ?

James serrait les dents. Inutile d'échanger une litanie d'insultes mais il savait d'ores et déjà qu'il aurait du mal à se contenir. Ce garçon avait le don de le mettre hors de lui.

– Je ne t'ai pas amené ici pour te taper dessus, laissa-t-il tomber. J'ai une question à te poser : tu tiens à Poppy ?

– Tu en as beaucoup d'aussi bêtes ? grogna Phil prêt à frapper.

– Parce que si tu tiens à elle, il va falloir que tu me laisses lui parler. C'est toi qui l'as convaincue de ne plus me voir, à toi de la convaincre, maintenant, qu'elle doit absolument me voir.

L'air excédé, Phil leva les yeux au ciel.

Cependant, James poursuivait, en détachant chacun de ses mots :

– Parce que je peux faire quelque chose pour elle.

– C'est ça, tu te prends pour le Prince charmant ? Tu vas la guérir d'un baiser ?

Si ses paroles se voulaient désinvoltes, le jeune homme ne pouvait cacher les tremblements de son corps en révolte non seulement contre James mais contre le monde entier qui permettait que Poppy soit atteinte d'un cancer.

– N'importe quoi ! Tu crois que j'ai essayé de me la taper ou de lui monter un plan foireux pour la faire tomber amoureuse ? Tu as tout faux. Je te l'ai fait croire parce que j'en avais plein le dos de tes réflexions… et aussi parce que je ne voulais pas que tu saches ce qu'on faisait.

– C'est ça, railla Phil. Et alors, vous faisiez quoi ? Vous vous droguiez ?

– Ceci.

Après sa première visite à l'hôpital, James avait appris une chose : d'abord montrer, ensuite expliquer. Cette fois, il n'expliqua rien ; il se contenta d'attraper Phil par les cheveux pour lui tirer la tête en arrière.

Une seule lumière éclairait la cour arrière du magasin, mais cela suffit à Phil pour apercevoir la rangée de crocs qui se dirigeaient sur lui. Quant à James, vision nocturne ou non, il put constater à quel point les pupilles de son adversaire venaient de se dilater.

Celui-ci cria et laissa retomber ses bras.

James savait que ce n'était pas la peur qui lui faisait ainsi lâcher prise. Le jumeau de Poppy n'avait rien d'un froussard. C'était plutôt son incrédulité qui fondait peu à peu devant l'évidence.

– Tu es un…

– Exact, coupa James en rouvrant la main.

Manquant de perdre l'équilibre, Phil dut se raccrocher à la benne.

– Je ne te crois pas.

– Mais si !

James n'avait pas rétracté ses crocs et il savait que ses yeux scintillait de leur éclat argenté. Phil était obligé de croire ce qu'il voyait à deux pas de lui.

Apparemment, il en arriva à la même conclusion, fasciné, incapable de détourner la tête, le visage blême ; il déglutit à plusieurs reprises, comme s'il allait vomir.

– C'est pas vrai… souffla-t-il enfin. Je savais qu'il y avait quelque chose qui clochait chez toi. Je te trouvais plutôt glauque. Maintenant je sais pourquoi.

Je le dégoûte, conclut James. *Ce n'est plus de la haine, il me considère comme un moins qu'humain.*

Ce qui augurait mal de la suite du programme.

– Alors, tu comprends maintenant comment je peux aider Poppy ?

Toujours accroché à sa benne, Phil secouait lentement la tête.

– Poppy est malade, insista James impatienté. Les vampires ne sont jamais malades. Tu veux que je te fasse un dessin ?

L'expression du jeune homme semblait répondre que oui. James expliqua en serrant les dents :

– Si j'échange assez de sang avec elle pour la transformer en vampire, elle n'aura plus de cancer. Toutes les cellules de son corps changeront et elle sera à l'abri de toute maladie. Elle aura des pouvoirs dont aucun humain n'aurait jamais pu rêver. Et, accessoirement, elle sera immortelle.

Un long silence s'ensuivit. Les pensées de Phil étaient trop emmêlées, trop confuses pour que James puisse y distinguer quelque chose.

– Tu ne vas pas lui faire ça, finit-il par laisser tomber.

En l'occurrence, c'était le ton sur lequel il disait cela qui comptait. Il ne protestait pas contre une idée trop radicale, trop insolite à son goût, il ne réagissait pas non plus à l'emporte-pièce comme l'avait fait Poppy.

Il disait ça avec une conviction absolue, une répulsion insoutenable. Comme si James menaçait d'arracher son âme à sa sœur.

– C'est le seul moyen de lui sauver la vie, insista James.

Les yeux exorbités, Phil se remit à secouer la tête.

– Non, non ! Elle ne voudrait pas. Pas à ce prix.

– Quel prix ?

L'impatience de James virait à l'exaspération. S'il avait su que cette discussion tournerait au débat philosophique, il aurait choisi un endroit plus discret, où ne risqueraient pas de s'infiltrer d'éventuels intrus.

Enfin capable de se tenir seul debout, Phil se détacha de la benne. Malgré l'effroi qui marquait son expression, il pouvait tenir tête à James.

– Figure-toi que, pour les humains, il y a des choses encore plus importantes que la vie. Tu verras.

Je n'en crois rien, songea James. *Il s'exprime comme un capitaine de vaisseau face à un extraterrestre dans une série B : « apprenez que les Terriens ne sont pas une cible aussi facile que vous le croyez. »*

– Tu déraillés ? s'exclama-t-il à haute voix. Phil, je suis né à San Francisco ! Je ne suis pas un monstre débarqué d'Alpha du Centaure. Je mange des céréales au petit déjeuner.

– Et en guise de souper ? Sinon, à quoi te servent tes crocs ? C'est juste pour faire joli ?

– D'accord, tu marques un point. Je n'ai jamais dit que j'étais un humain, mais je ne suis pas pour autant une espèce de…

– Si tu n'es pas un monstre, je me demande bien ce que tu es.

Ne le tue pas, James. Tu dois le convaincre.

– Phil, nous ne sommes pas de ces êtres qu'on voit au cinéma. Nous ne sommes pas tout-puissants. Nous ne pouvons traverser les murs ni voyager dans le temps, et nous n'avons pas besoin de tuer pour nous nourrir. Nous ne sommes pas cruels, du moins pour la plupart. Nous ne sommes pas damnés.

– Vous êtes contre nature. Vous ne devriez même pas exister.

– Parce que nous sommes plus haut placés que vous dans la chaîne alimentaire ?

– Parce que les gens ne doivent pas... se nourrir... sur d'autres gens.

James s'abstint de préciser que son espèce ne considérait pas celle de Phil comme « des gens ».

– Ce sont nos conditions de survie, souffla-t-il. Et Poppy les a acceptées.

Phil se figea.

– Non. Elle ne voudra jamais devenir comme toi.

– Elle a envie de vivre, du moins c'était ce qu'elle disait avant de m'envoyer promener. Elle perd la tête parce qu'elle n'a pas assez absorbé de mon sang pour achever sa métamorphose. À cause de toi.

Il marqua une pause pour mieux appuyer ses effets, avant d'ajouter :

– Tu as déjà vu un cadavre vieux de trois semaines, Phil ? Parce que c'est ce qui l'attend bientôt si je n'interviens pas.

Le visage grimaçant de rage, Phil envoya un grand coup de poing dans la paroi métallique de la benne.

– Tu crois que je ne le sais pas ? Je ne pense qu'à ça depuis lundi soir !

James ne bougea pas mais son cœur battait à tout rompre. Il ressentait la colère du jeune homme, la douleur qu'il venait de s'infliger à la main. Il lui fallut un certain temps avant de pouvoir rétorquer, d'un ton qui se voulait posé :

– Selon toi, ça vaut mieux que ce que je peux lui offrir ?

– C'est dégueulasse ! Mais ça vaut mieux que de se transformer en un chasseur d'hommes qui se nourrit de leur sang. C'est à ça que te servent toutes tes petites amies, je suppose ?

De nouveau, James ne put répondre immédiatement. Dommage pour Phil, il était trop intelligent. Il pensait trop.

– Oui, c'est à ça que me servent toutes mes petites amies, finit-il par lâcher d'un ton las.

– Dis-moi, Rasmussen, est-ce que tu... est-ce que tu as bu le sang de Poppy... avant qu'elle tombe malade ?

– Non.

– Tant mieux, soupira Phil. Sinon, je t'aurais tué.

James voulait bien le croire. Il était infiniment plus fort que lui, plus vif et aucun humain ne lui avait fait peur jusque-là. Néanmoins, il ne doutait pas un instant que Phil aurait trouvé un moyen de le tuer.

– Écoute, reprit-il, tu ne comprends pas. Poppy était d'accord et on avait commencé le processus. Elle n'en est qu'au début de sa métamorphose. Si elle meurt maintenant, elle ne deviendra pas vampire. Mais elle pourrait aussi bien ne pas mourir du tout, muter en mort vivant, en zombie, tu vois ? Un corps sans esprit, pourrissant mais immortel.

La bouche de Phil se tordit de répulsion.

– Tu dis ça pour me faire peur.

– J'ai déjà vu ça.

– Je ne te crois pas.

– C'est même par là que j'ai commencé !

Soudain, James s'aperçut qu'il avait hurlé en prenant de nouveau Phil par le col de sa chemise. Il était hors de lui mais cela devenait secondaire.

– J'ai vu cette chose arriver à quelqu'un qui comptait beaucoup pour moi. Je n'avais que quatre ans et ma nurse était humaine. Tous les enfants riches de San Francisco ont des nurses, qu'est-ce que tu crois ?

– Oublie, souffla Phil dégoûté.

– Je l'adorais ! Elle remplaçait ma mère qui n'était jamais là. Elle me donnait son attention, son amour sans compter. Je l'appelais Miss Emma.

– Oublie.

– Seulement mes parents ont fini par estimer que je lui étais trop attaché, alors ils m'ont emmené en vacances et m'ont empêché de me nourrir, trois jours durant. Le temps qu'ils me ramènent, je mourais de faim. C'est là qu'ils ont envoyé Miss Emma me border.

Phil ne cherchait même plus à résister. La tête penchée sur le côté, il évitait de regarder James dans les yeux.

– Je n'avais que quatre ans ! Je n'ai pas pu m'en empêcher. Et j'en avais envie. Si on m'avait demandé qui j'aurais préféré voir mourir, moi ou Miss Emma, j'aurais dit moi. Seulement quand on a faim, on perd tout contrôle. Donc je me suis nourri de son sang, tout en pleurant et en essayant de m'arrêter. Et quand j'ai enfin pu me détacher d'elle, je savais qu'il était trop tard.

Lors d'un court silence, James prit soudain conscience qu'il avait les doigts crispés à en hurler. Lentement, il les détacha de la chemise de Phil. Celui-ci ne dit rien.

– Elle gisait à mes pieds. Alors je me suis dit que si je lui donnais mon propre sang, elle deviendrait vampire et que tout irait bien.

Il ne criait plus ; en fait, il ne s'adressait même plus à Phillip mais parlait pour lui-même, les yeux perdus sur le parking plongé dans l'obscurité.

– Je me suis fait une coupure et j'ai laissé les gouttes lui tomber dans la bouche. Elle en avalé un peu, jusqu'à ce que mes parents surgissent et m'arrêtent. Mais pas assez.

S'ensuivit un silence plus long... et James se souvint pourquoi il racontait cette histoire.

– Elle est morte le soir même, mais pas complètement. Les deux espèces de sangs s'affrontaient en elle. Le lendemain, elle marchait de nouveau, mais ce n'était plus Miss Emma. Elle avait de la bave sur les lèvres, la peau grisâtre et les yeux plats comme ceux d'un cadavre. Et quand elle a commencé à... pourrir... mon père est allé l'enterrer à Inverness. Après l'avoir tuée... enfin je l'espère...

Sur ce dernier murmure, Phil se tourna lentement vers lui. Pour la première fois de la soirée, sa physionomie exprimait autre chose que de l'horreur ou de la peur. Quelque chose comme de la pitié.

Après treize années de silence, James était enfin parvenu à raconter cette histoire... Il avait fallu que ce soit à Phillip North. Mais à quoi bon s'attarder sur l'absurdité de la situation ? Il avait plus important à faire.

– Un bon conseil : tâche de convaincre Poppy d'accepter de me voir ou arrange-toi pour qu'on ne pratique pas d'autopsie sur elle si tu ne veux pas la voir errer sans ses organes internes. Et prépare un pieu en bois bien aiguisé pour le jour où tu ne pourras plus supporter de la voir ainsi.

Toute pitié avait quitté le regard de Phil. Il marmonna d'une voix tremblante :

– On ne va pas la laisser devenir un... une espèce de monstre mort vivant. Ni un vampire. Je suis désolé pour ce qui est arrivé à ta Miss Emma mais ça n'y changera rien.

– Tu ne crois pas que c'est à Poppy de décider...

Mais Phillip n'avait plus envie de discuter.

– Laisse ma sœur tranquille. C'est tout ce que je te demande. Fiche-lui la paix et je te ficherai la paix. Sinon...

– Quoi ?

– Je répéterai à tout El Camino qui tu es. J'avertirai la police et le maire, je le hurlerai sur tous les toits.

Les poings de James se glacèrent. Phil ne se rendait pas compte qu'il était en train de prononcer sa condamnation à mort. Aucun humain ne devait connaître l'existence du Night World, encore moins en divulguer le secret ; c'était l'exécution immédiate, sans rémission.

Il se sentit pris d'une telle lassitude qu'il n'y voyait plus clair.

– Va-t'en, Phil, articula-t-il d'une voix vibrante d'émotion. Vite. Et si tu veux vraiment protéger Poppy, tu ne diras rien à personne. Parce qu'ils auront vite fait de découvrir qu'elle était au courant. Et ils la tueront, après l'avoir longuement interrogée. Ça ne sera pas joli.

– Qui ça, « ils » ? Tes parents ?

– Les créatures du Night World. Nous sommes parmi vous, Phil, nul ne peut dire qui en fait partie... peut-être le maire en personne. Alors ferme-la.

Plissant les yeux, Phil s'éloigna sans répondre.

Jamais James ne s'était senti à ce point vidé. Tout ce qu'il venait d'entreprendre avait mal tourné. Poppy courait désormais d'innombrables dangers et il n'y pouvait rien.

Et Phillip North qui le considérait comme un être paranormal, démoniaque. Il ignorait seulement que, la plupart du temps, James pensait la même chose.

À mi-chemin de la maison, Phillip se souvint qu'il avait laissé tomber le sac contenant le jus de canneberge et les sorbets aux cerises de Poppy. Elle n'avait presque rien avalé depuis deux jours et, quand elle avait faim, c'était d'aliments bizarres.

Non... des aliments rouges, s'avisa-t-il brusquement en repassant à la caisse de la supérette. Son cœur se serra. Tout ce qu'elle réclamait, ces derniers temps, était rouge et à peu près liquide.

S'en rendait-elle compte ?

En entrant dans sa chambre pour lui apporter un sorbet, il l'observa du coin de l'œil. Désormais, elle ne sortait pour ainsi dire plus de son lit.

Elle était livide, comme paralysée. Tout ce qui restait d'à peu près vivant en elle c'étaient ses yeux verts, qui brillaient d'une intensité sauvage.

Cliff et Mme Hilgard envisageaient de faire appel à des infirmières vingt-quatre heures sur vingt-quatre.

– Tu n'aimes plus les sorbets ? demanda Phil en approchant une chaise du lit.

Elle considérait la glace d'un air dégoûté. Sans conviction, elle en lécha un peu, fit la grimace.

Phillip ne la quittait pas des yeux. Elle glissa l'esquimau dans un sac de plastique qu'elle posa sur sa table de nuit.

– J'en sais rien… pas faim. Désolée de t'avoir fait sortir pour rien.

– T'inquiète. Je peux faire quelque chose pour toi ?

Elle avait l'air si malade ! Les paupières closes, elle fit non de la tête, d'un mouvement à peine perceptible.

– Tu es un bon frère, articula-t-elle.

Cette fille avait toujours été pleine de vie. Leur père l'appelait Pile électrique ou Miss 100 000 Volts. Elle irradiait l'énergie.

D'un seul coup, il se surprit à laisser échapper :

– Tiens, j'ai vu James Rasmussen, aujourd'hui.

Elle eut une réaction pour le moins bizarre ; ça ne lui ressemblait pas. Certes, elle était du genre à s'emporter pour un oui ou pour un non mais jamais avec cette rage quasi bestiale.

– Qu'il approche d'ici et je lui arrache les yeux ! cria-t-elle en malaxant son drap tel un chat.

Une image jaillit à l'esprit de Phil. Une de ces créatures de *La Nuit des morts vivants*, qui avançait tout en perdant ses intestins. Un cadavre animé comme la Miss Emma de James.

Était-ce donc ce qui attendait Poppy si elle venait à mourir maintenant ? Avait-elle d'ores et déjà subi une telle métamorphose ?

– Poppy... il m'a dit qui il était vraiment.

Curieusement, elle ne réagit pas.

– C'est une racaille, maugréa-t-elle, un serpent.

Il en eut la chair de poule.

– Et je lui ai répondu que tu ne voudrais jamais devenir comme ça.

– Sûrement pas. D'autant que ça m'obligerait à rester avec lui pour l'éternité. Je ne veux plus jamais le revoir.

Phil la dévisagea un long moment puis se radossa en fermant les yeux, un pouce sur la tempe, là où cela faisait le plus mal.

Décidément, Poppy avait des réactions étranges. Irrationnelles. Maintenant qu'il y songeait, elle devenait de plus en plus bizarre depuis que James s'était fait éjecter.

En fin de compte, peut-être qu'elle était bel et bien dans un état intermédiaire, ni humaine ni vampire, incapable d'idées claires. Exactement ce qu'avait dit James.

Tu ne crois pas que c'est à Poppy de décider...

Il avait une question à lui poser.

– Poppy ?

Il attendit qu'elle dirige vers lui ses grands yeux verts qui ne cillaient pas.

– Tout à l'heure, James m'a dit qu'avant de piquer ta crise contre lui, tu avais accepté de le laisser... te métamorphoser. C'est vrai ?

Elle haussa les sourcils.

– J'ai piqué ma crise contre lui, confirma-t-elle.

Comme si elle n'avait pas saisi la suite.

– Et tu sais pourquoi je t'aime ? Parce que tu l'as toujours détesté. Maintenant, on est deux.

Après une courte réflexion, Phil reprit :

– Bon, d'accord. Mais avant de piquer ta crise, tu avais accepté de... devenir comme lui ?

Soudain, une lueur de rationalité illumina le regard de la jeune fille.

– Je ne voulais pas mourir, c'est tout. J'avais trop peur… j'aurais fait n'importe quoi pour pouvoir rester vivante. J'aurais accepté toutes les solutions proposées par les médecins. Mais ils n'en avaient pas.

Elle s'était assise et regardait autour d'elle, l'air effaré.

– Tu ne te rends pas compte de ce que ça fait de savoir qu'on va mourir, murmura-t-elle.

Un frisson parcourut le corps de Phil. Non, il ne se rendait pas compte mais il imaginait assez bien ce que lui ressentirait après la mort de sa sœur. À quel point le monde lui paraîtrait alors désert.

Un long silence s'ensuivit.

D'un seul coup, Poppy retomba sur ses oreillers et Phil aperçut des traînées noires sous ses yeux, comme si cette conversation l'avait épuisée.

– Qu'est-ce que ça peut faire ? ajouta-t-elle d'un ton faible mais quasi désinvolte. De toute façon, je ne vais pas mourir. La médecine n'est pas une science exacte.

Voilà comment elle se rassure, songea-t-il. Le total déni.

Cependant, il avait obtenu toutes les informations dont il avait besoin. Il voyait clairement la situation et savait ce qui lui restait à faire.

– Je te laisse te reposer.

Il lui caressa la main, la trouva fragile et froide, comme une aile d'oiseau.

– À plus.

Il sortit de la maison sans dire à personne où il allait et, une fois sur la route, accéléra au maximum. Il ne lui fallut que dix minutes pour atteindre l'immeuble de James.

Ce serait la première fois qu'il irait chez lui.

L'accueil fut glacial :

– Qu'est-ce que tu fais ici ?

– Je peux entrer ? J'ai quelque chose à te dire.

L'air impénétrable, James recula pour le laisser passer.

C'était un appartement spacieux, à la décoration dépouillée. Une seule chaise, devant une table en désordre, un bureau où régnait le même fouillis, un canapé carré, sans grâce. Et des cartons pleins de CD, empilés dans les coins. La porte ouvrait sur une chambre spartiate.

– Qu'est-ce que tu veux ?

– Avant tout, il faut que je t'explique quelque chose. Je sais que tu n'as pas choisi d'être ce que tu es, ni moi de réagir ainsi devant toi. On n'y peut rien, c'est comme ça. Si tu veux bien le comprendre, on aura déjà franchi un cap.

Les bras croisés, James le toisait d'un air méfiant.

– Laisse tomber les grands discours.

– J'aimerais juste être certain que tu comprends bien, d'accord ?

– Qu'est-ce que tu veux, Phil ?

Celui-ci dut s'y reprendre à deux fois avant de pouvoir articuler des paroles qui blessaient tant sa fierté :

– Je voudrais que tu aides ma sœur.

9

Poppy se retourna dans son lit.

Elle ne se sentait pas bien, rongée par une douleur qui lui montait du corps et non de l'âme. Si elle n'avait pas été aussi faible, elle se serait levée pour essayer de se débarrasser de cette sensation. Mais elle avait les muscles en bouillie, elle ne tenait plus debout.

L'esprit trop embrumé pour pouvoir réfléchir, il ne lui restait qu'un souhait : dormir, oublier.

Oublier ce sale goût de sorbet à la cerise qui lui collait à la langue. Et pas question d'avaler une goutte d'eau pour s'en débarrasser. La seule idée d'un verre lui donnait mal au cœur.

Elle se retourna, s'enfonça le visage dans l'oreiller. Elle ne savait pas de quoi elle avait envie, elle savait juste qu'elle ne l'obtiendrait jamais.

Un son léger retentit dans le couloir. Des pas. Les pas d'au moins deux personnes. Pas ceux de sa mère et de Cliff, d'ailleurs ceux-ci étaient allés se coucher.

On gratta à la porte qui s'entrebâilla en grinçant légèrement, dessinant un éventail de lumière sur le parquet.

– Poppy ? souffla Phil. Tu dors ? Je peux entrer ?

À la grande indignation de sa sœur, il entra sans attendre de réponse. Accompagné de quelqu'un.

Pas de quelqu'un, de l'autre... Celui qui lui avait fait tant de mal. Le traître. James.

Animée par la colère, elle parvint à s'asseoir.

– Va-t'en ! Immédiatement !

Message aussi primitif qu'inoffensif.

– Poppy, je t'en prie, murmura James, laisse-moi te parler.

C'est alors que se produisit le plus étrange des événements. Elle-même, du fond de son brouillard comateux, reconnut que c'était surprenant.

Son jumeau l'implorait :

– S'il te plaît. Écoute-le.

Il était du côté de James, maintenant ?

Trop surprise pour réagir, elle vit ce dernier s'agenouiller à côté du lit.

– Je sais que tu es furieuse. C'est à cause de moi. J'ai commis une erreur. Je ne voulais pas que Phil sache ce qui se passait vraiment, alors je lui ai dit que je faisais juste semblant de m'intéresser à toi. Mais c'était faux.

Elle se renfrogna.

– Sois sincère, Poppy, regarde bien en toi et tu sauras que c'était faux. Tu es en train de devenir télépathe et je crois que tu as déjà atteint un stade où tu peux lire en moi.

Derrière James, Phil s'agita, comme si le mot « télépathe » le mettait mal à l'aise.

– Je peux te dire que c'est faux, renchérit-il pourtant.

Comme James levait vers lui un regard interrogateur, il s'empressa d'ajouter :

– Je l'ai compris en discutant avec toi. Tu es peut-être une sorte de monstre mais tu tiens vraiment à Poppy. Tu ne lui veux aucun mal.

– Ça y est ? Tu as saisi ? Après avoir provoqué cette…

Préférant ne pas aller plus loin, James se retourna vers Poppy.

– Concentre-toi. Sens ce que je ressens. Découvre toi-même la vérité.

Sûrement pas et personne ne m'y forcera, songea Poppy. Mais le désir de savoir l'emporta sur sa colère. Elle tenta d'atteindre James, non pas du bout des doigts mais mentalement. Elle n'aurait su décrire comment elle s'y prit, pourtant cela fonctionna.

Elle trouva l'esprit de James, étincelant, brûlant d'intensité. C'était encore une autre sensation que de ne plus faire qu'un avec lui lorsqu'ils avaient échangé leurs sangs. Là, elle avait l'impression de l'observer de l'extérieur, de percevoir de loin ses émotions. Mais cela lui suffisait pour éprouver sa chaleur, son désir, ce besoin qu'il avait de la protéger ; ainsi que son angoisse, sa douleur de savoir qu'elle souffrait et qu'elle le haïssait.

Elle en eut les larmes aux yeux.

– Tu tiens vraiment à moi, murmura-t-elle.

Les prunelles grises se posèrent sur les siennes avec une expression qu'elle ne leur avait encore jamais vue.

– Il existe deux règles cardinales dans le Night World, expliqua-t-il posément. D'abord, ne pas révéler son existence aux humains, ensuite ne pas en tomber amoureux. Je les ai toutes les deux transgressées.

Elle se rendit vaguement compte que Phil quittait la pièce sur la pointe des pieds. L'éventail de lumière se resserra comme il tirait la porte vers lui, si bien que le visage de James disparut à moitié dans l'obscurité.

– Je ne pouvais pas te dire ce que je ressentais pour toi, continua-t-il. Je ne pouvais même pas le reconnaître. Parce que cela t'aurait fait courir un terrible danger. Tu n'imagines même pas quelle sorte de danger.

– Et toi aussi.

C'était la première fois qu'elle y songeait vraiment. À présent, cette idée s'emparait de sa conscience assoupie au point de la faire exploser.

– Je suppose, continua-t-elle, que s'il est interdit de tout révéler à un humain ou de l'aimer, celui qui enfreint la loi encourt aussi un châtiment. Et toi…

Tout en disant cela, elle distinguait déjà la nature du châtiment.

Le visage de James s'enfonça un peu plus dans l'obscurité.

– Ne t'inquiète pas, dit-il d'un ton dégagé.

Elle le reconnaissait bien là mais ce n'était pas pour ça qu'elle suivrait son conseil. D'abord, elle ne suivait jamais les conseils de personne. Une vague de colère l'envahit, une montée de fièvre qui lui fit plisser les yeux et serrer les poings.

– Ne me dis pas de quoi je dois m'inquiéter !

– Et toi, ne me dis pas ce que je dois te dire ou ne pas te dire…

D'un seul coup, il parut se raviser :

– Mais qu'est-ce que je raconte ? Tu es encore malade et moi je reste là à discutailler.

Il roula la manche de son pull et, du bout de l'ongle, coupa la peau autour du poignet.

Le sang jaillit, noir dans l'obscurité. Cependant, Poppy ne parvenait pas à en détacher ses yeux. Fascinée, le souffle court, elle ouvrit la bouche.

– Vas-y, dit James en lui tendant le bras.

D'un seul coup, elle plongea dessus, comme si elle voulait le sauver d'une morsure de serpent.

Cela lui parut si naturel, si facile ! Voilà ce dont elle avait tant besoin lorsqu'elle avait envoyé Phil lui acheter des sorbets et du jus de canneberge. En fait, elle recherchait ce liquide enivrant et rien d'autre ne lui faisait envie.

C'était délicieux, ce goût puissant, cette ivresse rouge qui lui montait à la tête, cette force et cette vitalité qui se répandaient dans ses veines, la réchauffant jusqu'au bout des doigts. Par-dessus tout, il y avait la caresse de l'esprit de James qui la faisait vibrer de plaisir.

Comment avait-elle pu douter de lui ? Cela semblait tellement absurde maintenant qu'elle sentait directement ce qu'il éprouvait pour elle. Jamais elle ne connaîtrait personne aussi bien qu'elle connaissait James.

Je suis désolée, lui dit-elle mentalement. Elle sut que ses excuses étaient acceptées avec empressement et amour.

Ce n'était pas ta faute, répondit-il.

L'esprit de Poppy semblait s'éclaircir de seconde en seconde. Elle avait l'impression d'émerger d'un cauchemar. *Je n'ai aucune envie que tout ça s'arrête.* C'était un constat, qui ne s'adressait pas directement à James.

Néanmoins, elle perçut sa réaction ; il eut beau tenter de la dissimuler aussitôt, elle l'avait interceptée au vol.

Les vampires ne font pas ça entre eux.

Elle en fut choquée. Jamais plus ils ne connaîtraient de tels instants une fois qu'elle serait métamorphosée ? Elle refusait d'y croire. Il devait bien exister un moyen…

Encore une fois, elle capta un début de réaction chez lui mais, alors qu'elle allait l'interpréter, il lui retira doucement son poignet.

– Il vaut mieux t'arrêter là pour ce soir, dit-il tout haut.

Son timbre parut la réveiller, pourtant, elle y reconnaissait moins James, désormais, qu'au travers de sa voix mentale. De nouveau, il s'était détaché d'elle et, redevenue elle-même, Poppy se sentait soudain affreusement seule.

Comment survivrait-elle sans plus pouvoir frôler son esprit ? S'il lui fallait désormais communiquer avec des mots qui lui semblaient à peu près aussi futiles que des signaux de fumée ? Si elle ne pouvait plus le capter dans son entier, totalement ouvert à elle ?

C'était cruel et injuste, et tous les vampires devaient être complètement idiots pour se contenter de si peu.

Mais elle n'avait pas eu le temps d'exprimer son désarroi que Phil passait une tête par la porte.

– Entre, lui dit James. On a beaucoup de choses à se dire.

Le jeune homme regarda sa sœur.

– Est-ce que…

Il s'interrompit, déglutit avant d'achever dans un chuchotement :

– … ça va mieux ?

Pas besoin de télépathie pour percevoir son dégoût. Il avait jeté un coup d'œil à sa bouche avant de se détourner vivement. Elle avait dû garder une goutte au coin des lèvres, comme si elle s'était gavée de mûres. Elle s'essuya du dos de la main.

Elle avait envie de lui dire : *Ça n'a rien de dégoûtant. C'est comme ça que la Nature donne la vie, par un acte secret et magnifique. C'est beau.*

Cependant, elle se contenta de laisser tomber :

– Ne crache pas dessus tant que tu n'y as pas goûté.

Il eut une grimace horrifiée. Le plus étrange étant que James semblait d'accord avec lui. Poppy le sentait bien ; lui aussi estimait que cet échange de sangs demeurait un acte répugnant. Il en éprouvait de la honte. Elle laissa échapper un long soupir exaspéré.

– Les mecs, alors…

– Bon, tu vas mieux, conclut Phil avec un sourire forcé.

– J'imagine que j'ai dû te paraître drôlement déviée, tout à l'heure. Désolée.

– Ce n'était pas très drôle, non.

– Ne l'incrimine pas, intervint James. Elle était en train de mourir, elle avait des hallucinations. Pas assez de sang pour irriguer le cerveau.

– Je ne comprends pas, objecta-t-elle. Tu ne m'en as pourtant pas pris tant que ça, la dernière fois.

– Ce n'est pas la même chose. Les deux sangs réagissent l'un par rapport à l'autre, comme s'ils se battaient, si tu veux. Si tu veux une explication plus scientifique, disons que le sang des vampires détruit l'hémoglobine, les globules rouges, dans le sang humain. Du coup, tu n'as plus assez d'oxygène pour réfléchir correctement. Et plus il en détruit, moins tu as d'oxygène pour vivre.

– Ainsi, le sang des vampires est une sorte de poison, conclut Phil d'un ton entendu.

– Quelque chose comme ça, acquiesça James le regard dans le vide. Mais c'est aussi une sorte de remède universel qui guérit les blessures et régénère la peau. Les vampires peuvent se contenter de très peu d'oxygène. Leur sang sert à presque tout, sauf à conduire l'oxygène.

D'un seul coup, la lumière se fit dans le cerveau de Poppy. Une révélation sensationnelle, l'explication même du mystère Dracula :

– Attends ! C'est pour ça que vous avez besoin du sang humain ?

– Entre autres. Il a sur nous certains autres... résultats mystiques, mais le plus important reste qu'il nous maintient en vie. On en prend très peu, de quoi faire transiter l'oxygène à travers notre système jusqu'à ce que notre propre sang le détruise. Alors on en reprend un peu.

Poppy s'adossa à son oreiller.

– C'est donc ça ! Quoi de plus naturel ?

– Il n'y a rien de naturel là-dedans, marmonna Phil sans cacher davantage son dégoût.

– Mais si ! C'est comme ce truc qu'on apprend au cours de biologie. La symbiose...

– Peu importe, intervint James. On a autre chose à faire que de discuter là-dessus. Il faut organiser la suite des événements.

Un lourd silence tomba sur la pièce et Poppy comprit à quels événements il faisait allusion. Apparemment, c'était aussi le cas de Phil.

– Tu n'es pas encore tirée d'affaire, continua James. Il va falloir procéder à d'autres échanges de sang, dès que possible. Sinon, tu pourrais rechuter. Mais il faut programmer le prochain très précisément.

– Pourquoi ? demanda Phil.

– Parce que ça va me tuer, lâcha-t-elle.

Voyant son frère frémir, elle ajouta sans vergogne :

– Tu comprends ? On n'est pas en train de jouer à un petit jeu, là. On va devoir affronter la réalité, et la réalité c'est que, d'une façon ou d'une autre, je vais mourir bientôt. Or je préférerais mourir et me réveiller vampire plutôt que de ne pas me réveiller du tout.

Nouveau silence, au cours duquel James lui prit la main. Elle s'aperçut alors qu'il tremblait.

Son frère aussi présentait une mine effondrée, un regard sombre.

– On est jumeaux, articula-t-il très bas. Pourtant tu as vieilli plus vite que moi.

– Je crois, dit doucement James, qu'on pourrait envisager ça pour demain soir. On sera vendredi. Tu penses que tu pourrais attirer ta mère et Cliff loin de la maison pour quelques heures ?

– Sans doute... Si Poppy semble aller mieux, ils accepteront de sortir pour la soirée. À la condition que je leur promette de rester avec elle.

– Dis-leur d'aller dîner dehors. Je ne veux pas d'eux dans les parages.

– Tu ne peux pas t'arranger pour qu'ils ne s'aperçoivent de rien ? demanda Poppy. Comme tu l'as fait pour l'infirmière à l'hôpital ?

– Pas si je veux pouvoir me concentrer sur toi. Et puis il existe des gens dont l'esprit ne se laisse pas influencer comme ça, à commencer par ton frère. Il y a donc des chances pour que ta mère réagisse de la même façon.

– Très bien, je vais leur dire de sortir se détendre un peu, soupira Phil mal à l'aise. Et ensuite… qu'est-ce qui va se passer ?

– Ensuite, Poppy et moi ferons ce que nous avons à faire. Et puis toi et moi on regardera la télévision.

– On regardera la télévision ? répéta Phil hébété.

– Il faut que je sois là quand le médecin arrivera… ainsi que les gens des pompes funèbres.

La mention des pompes funèbres parut foudroyer le jeune homme. En l'occurrence, Poppy ne semblait guère plus enthousiaste. S'il n'y avait pas ce sang étrange et délicieux qui circulait en elle, l'apaisait…

– Pourquoi ? demandait Phillip.

– C'est comme ça, rétorqua James. Tu comprendras plus tard. Pour le moment, fais-moi confiance.

Poppy préféra ne pas en rajouter.

– Comme ça, lança-t-elle, vous allez devoir vous réconcilier, demain. Devant maman et Cliff. Sans ça, ça fera trop bizarre de vous voir tous les deux ensemble.

– Ça fera trop bizarre de toute façon, trancha Phil. Bon, James, tu n'as qu'à revenir demain et on se réconciliera. Ensuite, je m'arrangerai pour qu'ils nous laissent seuls avec Poppy.

– D'accord, dit James en se levant. Maintenant je me sauve.

Comme Phil lui ouvrait déjà la porte, il s'arrêta une dernière fois devant Poppy.

– Ça ira ? s'enquit-il d'un ton grave.

Elle hocha vigoureusement la tête.

– Alors à demain.

Il lui caressa la joue et ce bref contact la fit frissonner. Oui, tout irait bien.

Ils se regardèrent un instant puis James s'en alla.

Demain, se dit-elle en regardant la porte se refermer derrière lui. *Demain c'est le jour de ma mort.*

Rares étaient les gens qui pouvaient prédire exactement la date de leur mort, songea-t-elle. Encore plus rares étaient ceux qui avaient la possibilité de dire au revoir comme elle comptait le faire.

Peu importait qu'elle ne soit pas vraiment en train de mourir. Lorsqu'une chenille se change en papillon, elle perd sa vie de chenille ; plus besoin d'escalader les ramures ni de manger des feuilles.

Fini le lycée d'El Camino, fini les nuits dans ce charmant petit lit.

Elle laisserait tout cela derrière elle. Sa famille, sa ville. Toute sa vie humaine. Elle allait pénétrer dans un avenir aussi étrange qu'imprévu. Il ne lui restait qu'à faire confiance à James... et à sa propre faculté d'adaptation.

C'était comme si elle s'engageait sur une route blanche et sinueuse sans savoir vers quels horizons obscurs celle-ci l'emmenait.

Plus de roller le long de la promenade de Venice Beach. Plus de courses pieds nus sur le ciment de la piscine de Tamashaw, plus de shopping au Village.

Promenant le regard à travers sa chambre, elle dit adieu à sa commode blanche, au bureau où elle avait écrit des centaines de lettres – avec pour témoins les taches de cire laissées sur le bois –, adieu à son lit, aux rideaux crème de son baldaquin de princesse des Mille et Une Nuits. Adieu à son lecteur de CD.

Aïe ! mon lecteur de CD. Mes CD ! Je ne veux pas les laisser ; je ne peux pas...

Il le faudrait bien pourtant.

Autant réfléchir à cet aspect des choses avant de s'en aller. Avant d'aborder l'adieu aux humains.

– Salut maman ! lança-t-elle sur le seuil de la cuisine.

– Poppy ! Je ne savais pas que tu étais levée.

Elle étreignit sa mère, tout en prenant conscience d'innombrables petits détails tels que le carrelage sous ses pieds nus, la légère odeur de noix de coco laissée par la shampooing sur les cheveux de Mme Hilgard, ses bras qui la serraient, la chaleur de son corps.

– Tu as faim, ma puce ? Tu sembles aller tellement mieux, tout d'un coup !

Poppy ne put soutenir son regard anxieux et la seule idée de manger lui donna un haut-le-cœur. Elle enfouit alors le visage dans l'épaule de sa mère.

– Serre-moi fort, murmura-t-elle.

Elle s'avisa qu'elle ne pourrait finalement dire au revoir à tout ni à tout le monde. Elle ne pouvait entrer en contact en un seul après-midi avec chacun des éléments qui avaient pu marquer sa vie. Sans doute avait-elle le privilège de savoir que c'était son dernier jour ici, pourtant, elle allait devoir tout quitter de la même façon que n'importe quel humain : sans avoir pu vraiment s'y préparer.

– N'oublie jamais que je t'aime, murmura-t-elle à l'oreille de sa mère en ravalant ses larmes.

Celle-ci la raccompagna jusqu'à sa chambre, jusqu'à son lit. Ensuite, Poppy passa le reste de la journée au téléphone. En essayant d'en apprendre un peu plus sur la vie qu'elle s'apprêtait à quitter, sur les gens qu'elle était censée connaître. En essayant d'apprécier le plus possible ce qu'elle allait laisser derrière elle.

– Voilà, Elaine, tu me manques, dit-elle dans le combiné en regardant les rayons de soleil qui entraient encore dans sa chambre.

– Alors, Brady, comment ça va ?

– Bon, Laura, merci pour les fleurs.

– Poppy, tu vas bien ? lui demandaient-ils tous. Quand est-ce qu'on te revoit ?

Question à laquelle il lui était impossible de répondre. Si seulement elle pouvait appeler son père, mais personne ne savait où il était.

Elle regrettait également de ne pas avoir vraiment lu la pièce qui lui avait été attribuée, l'année précédente, pour une explication de texte au lycée. Au lieu de quoi elle avait utilisé les notes de Cliff et bâclé son exposé. Elle se souvenait vaguement que ça parlait d'une fille morte qui revenait chez elle pour observer la vie quotidienne de sa famille et la trouver merveilleuse. Sans doute cette œuvre l'aurait-elle aidée en la circonstance, mais c'était trop tard.

J'ai tellement perdu de temps au lycée ! Je n'utilisais ma cervelle que pour jouer au plus fin avec les profs. Ce n'était pas malin.

En même temps, elle y trouvait de nouvelle raisons d'admirer Phil qui lui, utilisait son cerveau pour s'instruire. Finalement, il n'était sans doute pas aussi coincé que ça. Et si c'était lui qui avait raison depuis le début ?...

Là, je suis en train de me métamorphoser, conclut-elle en frissonnant.

Elle ignorait seulement si cela provenait du sang étranger qui l'habitait ou du cancer qui la rongeait. Toujours était-il qu'elle changeait.

La sonnette de l'entrée retentit. Poppy n'eut pas besoin de quitter sa chambre pour le savoir. Elle sentait la présence de James.

Que le spectacle commence ! se dit-elle en regardant sa pendule. Incroyable ! Déjà presque seize heures.

Le temps passait si vite !

Pas de panique. Tu as encore plusieurs heures devant toi. Elle reprit le téléphone. Pourtant, il lui sembla que quelques minutes à peine s'étaient écoulées lorsque sa mère vint frapper à sa porte.

– Ma puce, Phil nous conseille de sortir, ce soir. James est là, mais je lui ai dit que tu ne voudrais sans doute pas le voir. Et je n'ai pas très envie de t'abandonner.

– Si, si, ça me fera plaisir de voir James. Et je suis d'accord avec Phil : vous avez besoin de vous détendre un peu.

– Bon, je suis contente que vous vous soyez réconciliés, James et toi. Mais je ne suis pas très sûre...

Il fallut un certain temps pour la convaincre, pour la persuader que Poppy allait beaucoup mieux, que Poppy avait encore des semaines, si ce n'étaient des mois à vivre. Que sa mère n'avait aucune raison particulière de rester là ce vendredi soir.

Finalement, Mme Hilgard acquiesça et embrassa Poppy. Après quoi, il ne resta plus qu'à dire au revoir à Cliff. Celui-ci la serra dans ses bras, si bien qu'elle finit par lui pardonner de ne pas être son père.

Tu as fait de ton mieux, pensa-t-elle en se détachant de son beau costume noir et de sa mâchoire carrée de jeune homme. *C'est toi qui vas devoir t'occuper de maman, en fin de compte. Alors je te pardonne. Tu es quelqu'un de bien.*

Alors que Cliff et sa mère s'éloignaient, elle songea que c'était le moment ou jamais de dire adieu. Elle les appela, leur adressa un petit signe et tous deux se retournèrent en souriant.

Quand ils furent partis, les deux garçons entrèrent dans sa chambre. Le regard gris de James ne révélait strictement rien de ses pensées.

– Ça y est ? demanda-t-elle d'une voix un peu tremblante.

– Ça y est.

10

– Il faut faire les choses dans l'ordre, dit Poppy. Phil, va chercher des bougies.

Son frère tourna vers elle un visage au teint de papier mâché, des yeux hagards.

– Des bougies ?

– Autant que tu en trouveras. Et des oreillers. Il me faut plein de coussins.

À genoux devant le lecteur de CD elle examinait une pile de disques :

– *Structures from Silence*... non, maugréa-t-elle en étalant les titres. Trop répétitif. *Deep Forest*... non. Trop hyper. Il me faut une musique d'ambiance.

– Et ça ? proposa James.

Music to Disappear In.

– Ah oui ! Musique pour disparaître. Parfait.

Poppy mit le CD en regardant James. En général, celui-ci traitait la musique d'ambiance de « daube New Age ».

– Tu comprends ? souffla-t-elle.

– Oui, sauf que tu n'es pas en train de mourir.

– Mais je m'en vais, je me transforme.

Sans trop savoir pourquoi, elle était certaine de ne pas se tromper. Elle disait adieu à son ancienne vie. C'était une occasion solennelle entre toutes, un passage.

Et, bien sûr, même si aucun d'eux n'y fit allusion, ils savaient qu'elle pouvait vraiment mourir. James s'était montré franc sur ce point : certaines personnes ne supportaient pas la métamorphose.

Phil revint, armé de bougies, bougies de Noël, bougies de secours, bougies parfumées, et sa sœur lui indiqua où les placer à travers la chambre puis lui dit de les allumer. Elle se rendit ensuite dans la salle de bains pour enfiler sa plus belle chemise de nuit, en flanelle ornée de petites fraises.

Quand je pense que c'est la dernière fois que je traverse ce couloir, que j'ouvre la porte de ma chambre...

La pièce lui parut magnifique à la lueur douce des flammes qui répandaient une ambiance de mystère ; et puis la musique, avec ses accents célestes, lui donnait envie de plonger à jamais dans ses rêves.

À l'aide d'un portemanteau, elle alla chercher sur la plus haute étagère du placard un lion en peluche et son Bourriquet gris tout mou. Elle les plaça sur son lit, parmi la pile de coussins. C'était peut-être bête, infantile, mais elle avait envie de les avoir avec elle.

Elle s'assit, regarda les deux garçons.

Ils l'observaient sans rien perdre de ses gestes, Phil les lèvres tremblantes, James tout aussi perturbé même s'il fallait parfaitement le connaître pour s'en rendre compte.

– Ça va, leur dit-elle. Vous voyez bien que je tiens la forme, alors soyez contents.

Le pire étant qu'elle avait raison. Elle se sentait en pleine forme, calme, lucide, comme si tout était devenu simple. Elle voyait la route devant elle et il ne lui restait qu'à la suivre, pas à pas.

Phil vint lui serrer la main.

– Comment est-ce que... demanda-t-il d'une voix cassée à James. Comment ça marche ?

– On va commencer par échanger nos sangs, expliqua ce dernier directement à Poppy. Pas la peine d'en prendre beaucoup. De toute façon, tu es à deux doigts de la métamorphose. Ensuite, les deux sangs vont s'affronter, en une espèce de dernière bataille, si tu vois ce que je veux dire.

Il s'arracha un sourire contraint et elle hocha la tête.

– Tu te sentiras de plus en plus faible. Jusqu'au moment où tu... où tu vas t'endormir. La métamorphose s'opérera pendant ton sommeil.

– Et quand je me réveillerai ?

– Je vais te faire une suggestion posthypnotique. Je te dirai de te réveiller quand je viendrai te chercher. Ne t'inquiète pas, j'ai tout prévu dans les moindres détails. Tu n'as plus qu'à reposer en paix.

Phil se passait les mains dans les cheveux comme s'il réfléchissait à ce qui les attendait, James et lui.

– Attends, intervint-il d'une voix cassée. Quand... quand tu dis qu'elle doit s'endormir... pour nous ce sera...

– J'aurai l'air d'être morte.

– Oui, confirma James. On en a déjà parlé.

– Et nous, on va vraiment... Qu'est-ce qui va lui arriver ensuite ?

James le fusilla du regard.

– C'est bon, dit doucement Poppy. Tu peux le lui dire.

– Tu sais très bien ce qui va se produire. Elle ne va pas s'évaporer dans l'atmosphère. On aurait aussitôt la police et les créatures du Night World à nos trousses. Non, il faudra qu'on la croie morte d'un cancer, ce qui signifie que tout va se passer exactement comme si elle était vraiment morte.

L'expression anéantie de Phil prouvait qu'il avait perdu tout sens rationnel.

– Tu es sûr qu'il n'y a pas un autre moyen ?

– Oui.

Il s'humecta les lèvres.

– Oh, mon Dieu !

Poppy elle-même n'avait pas trop envie de s'étendre sur le sujet. Elle lança brutalement :

– Il faut t'y faire, Phil ! Et n'oublie pas que c'est ça ou reculer pour mieux sauter dans quelques semaines… Pour de bon, cette fois.

Il s'accrochait si violemment à une colonne du lit qu'il en avait les articulations blanchies. Au moins avait-il compris et, quand il avait décidé de s'accrocher, personne n'était aussi déterminé que Phil.

– Tu as raison, s'efforça-t-il de concéder.

– Alors on y va, dit-elle en toute sérénité.

– Ce n'est pas la peine que tu voies ça, intervint James. Descends regarder un peu la télé.

Phil hésita mais finit par sortir.

Poppy s'installa au milieu du lit en faisant tout son possible pour paraître à l'aise :

– Au fait. Après l'enterrement… je serai endormie, c'est ça ? Je n'ai pas très envie de me réveiller… tu sais, dans mon joli petit cercueil. Je suis un peu claustrophobe, tu vois ?

– Non, tu ne te réveilleras pas là-dedans. Pas question. Tu peux me faire confiance, j'ai tout prévu.

Je te fais confiance.

Là-dessus, elle lui ouvrit les bras.

Comme il lui effleurait le cou, elle releva le menton et, alors qu'il suçait son sang, elle sentit leurs deux esprits se rejoindre.

Ne t'inquiète pas, Poppy. N'aie pas peur. Il ne pensait qu'à la protéger, farouchement ; ce qui ne fit que la conforter dans l'idée qu'il y avait de quoi avoir peur, en réalité. Que tout pouvait mal se passer. Néanmoins, elle se laissa aller, apaisée par la sensation de son amour pour elle.

D'un seul coup, elle eut une impression d'espace, d'altitude, de profondeur. Comme si ses perceptions s'étendaient désormais à l'infini. Comme si elle venait de découvrir une nouvelle dimension. Comme s'il n'existait ni limite ni obstacle à ce que James et elle pourraient faire ensemble.

Elle se sentait… libre.

Je perds la tête. Elle se rendit compte qu'elle s'était complètement relâchée entre les bras de James, qu'elle défaillait telle une fleur fanée.

J'en ai pris assez, lui confia l'esprit de James. La bouche tiède se détacha de sa gorge.

– C'est ton tour, maintenant.

Cette fois, au moins, il n'opéra pas la coupure sur son poignet. Il ôta son tee-shirt et, d'un geste impulsif, fit courir un ongle à la base de sa propre gorge.

Surprise, elle n'en approcha pas moins la tête de sa blessure, guidée par sa main. Elle l'entoura de ses bras, sentit le contact du torse nu contre sa chemise.

C'était mieux ainsi. Mais, si James avait raison, ce serait la dernière fois. Jamais plus James et elle n'échangeraient leur sang.

Je ne peux pas accepter ça, songea-t-elle. Cependant, elle n'arrivait plus à se concentrer longtemps sur un sujet. Cette fois, au lieu de lui éclaircir les idées, le sauvage sang du vampire achevait de l'égarer, de l'endormir.

James ?

Tout va bien. C'est le début de la métamorphose.

Lourde… endormie… tiède. Enveloppée dans les vagues salées de l'océan. Elle voyait presque le sang du vampire couler dans ses veines, emportant tout sur son passage. Un sang ancien, originel. Qui la transformait en une entité séculaire, présente depuis la nuit des temps. Quelque chose de primitif, d'élémentaire.

Toutes les molécules de son corps qui se changeaient…

Poppy, tu m'entends ? James la secouait doucement. Elle s'était laissé submerger au point de ne pas se rendre compte qu'elle ne buvait plus. James la serrait contre lui.

– *Poppy.*

Elle dut produire un effort pour ouvrir les yeux.

– Je vais bien. Je… j'ai juste sommeil.

Il la serra encore plus fort avant de l'étendre sur la masse des coussins.

– Tu peux te reposer, maintenant. Je vais chercher Phil.

Avant, cependant, il l'embrassa sur le front.

Mon premier baiser, se dit-elle en fermant les paupières. *Et moi qui suis comateuse. Génial !*

Elle sentit le lit ployer sous un poids supplémentaire et aperçut Phil, très nerveux, assis tout droit auprès d'elle.

– Alors ? Qu'est-ce qui se passe, maintenant ? demanda-t-il.

– Le sang vampire prend le dessus, dit James.

– J'ai très sommeil, marmonna Poppy.

Elle ne souffrait pas. Elle avait juste envie de se laisser glisser, le corps tiède et alangui, comme emmitouflé dans une aura épaisse et douce.

– Phil ? J'ai oublié de te… dire merci. De nous avoir aidés. Et tout. Tu es un bon frère.

– Tu n'as pas besoin de dire ça maintenant, répondit-il. Tu le diras plus tard. Je serai toujours là, tu sais.

Mais peut-être pas moi. On joue à pile ou face et je n'aurais jamais accepté, sauf que c'était ça ou abandonner sans me battre.

Au moins, je me serai battue.

– Oui, assura Phil d'une voix tremblante.

Poppy ne s'était pas aperçue qu'elle avait parlé tout haut.

– Tu as toujours été une combattante, ajouta-t-il. Tu m'as tellement appris !

L'ironie voulant qu'elle aussi ait tant appris de lui, même si cela se résumait essentiellement aux dernières vingt-quatre heures. Elle avait envie de le lui dire mais il y aurait eu tant à dire et elle était si fatiguée, sa langue si épaisse, son corps si faible, si langoureux !

– Tiens-moi la main… murmura-t-elle d'une voix à peine audible.

Phil en prit une, James l'autre.

Cela faisait du bien. C'était ainsi qu'elle voulait partir, avec Bourriquet et son lion sur les coussins à côté d'elle, et Phil et James qui la protégeaient, la retenaient.

Les bougies répandaient des parfums de vanille et de miel qui lui donnaient l'impression de redevenir une petite fille qui aimait les gâteaux après la sieste. Et ce n'était jamais que ça, une sieste dans le jardin d'enfants de Miss Spurgeon, avec le soleil qui envoyait ses rayons sur le parquet et James sur un matelas voisin.

Un moment si paisible, si tranquille…

– Oh, Poppy ! bredouilla Phil.

– Tu t'en tires bien, observa James. Tout va bien.

Exactement ce qu'elle voulait entendre. Elle se laissa emporter par la musique sur les ailes d'un rêve qui ne faisait pas peur. Comme une goutte d'eau retombant dans l'océan d'où tout était parti.

Au dernier moment, elle pensa : *Je ne suis pas prête.* Mais elle connaissait déjà la réponse. Personne n'était jamais prêt.

Pourtant, elle avait été idiote, elle avait oublié le plus important. Elle n'avait jamais dit à James qu'elle l'aimait. Même pas quand il le lui avait avoué.

Elle essaya d'absorber encore assez d'air pour pouvoir parler mais c'était trop tard. Le monde extérieur avait disparu, elle ne sentait plus son corps. Elle flottait dans l'obscurité et la musique, et ne pouvait plus rien faire d'autre que dormir.

– Dors, murmura James penché sur Poppy. Ne te réveille pas avant que je te le dise. Dors.

Tous les muscles tendus à l'extrême, Phil regardait reposer sa sœur, si paisible, si pâle aussi, ses boucles cuivrées répandues autour de son visage, les cils posés sur ses joues, les lèvres mi-closes, respirant doucement.

Une poupée de porcelaine. Mais plus elle paraissait apaisée, plus Phil tremblait.

Je peux surmonter ça, se dit-il. *Il le faut.*

Poppy exhala un soupir et soudain, se mit à remuer. Sa poitrine se souleva, une fois, deux fois, sa paume serra celle de son frère et ses yeux s'ouvrirent brusquement… pourtant, elle paraissait ne rien voir, elle avait juste l'air étonné.

– Poppy !

Il l'attrapa par sa chemise. Elle était si petite, si fragile dedans.

– Poppy !

Les soupirs s'arrêtèrent. Un instant, elle demeura figée, jusqu'à ce que ses paupières se referment. Alors elle retomba sur ses oreillers et sa main inerte lâcha celle de Phil.

Cette fois, il perdit la tête.

– Poppy ! s'écria-t-il d'une voix suraiguë. Allez, réveille-toi !

Il la secouait par les épaules et lui-même tremblait comme une feuille.

Jusqu'à ce que d'autres mains l'en écartent.

– Qu'est-ce que tu fiches ? interrogea James d'un ton posé.

– Poppy ? Poppy ?

Sa poitrine ne bougeait plus, son visage n'était plus qu'innocent abandon, candide comme celui d'un bébé.

En même temps, il changeait, virait au transparent, mystérieux, fantomatique, vidé de toute pulsion vitale. Elle avait la main trop relâchée pour une personne endormie. Sa peau avait perdu tout éclat, comme si un vent l'avait soufflé.

Renversant la tête en arrière, Phil laissa échapper un hurlement animal.

– Tu l'as tuée ! vociféra-t-il en se précipitant sur James. Tu as dit qu'elle allait dormir mais tu l'as tuée ! Elle est morte.

James n'esquiva pas l'attaque. L'attrapant par les épaules, il l'entraîna dans le couloir.

– Arrête ce délire ! Elle pourrait t'entendre.

Phil se dégagea d'un mouvement et fila dans le salon. Il ne savait pas ce qu'il faisait, il avait juste besoin de casser quelque chose. Poppy était morte. Partie. D'un geste brutal, il retourna le canapé, renversa la table basse, saisit une lampe, en arracha le fil et la jeta dans la cheminée.

– Hé, on se calme ! cria James.

L'apercevant, Phil se rua sur lui avec une brutalité qui le projeta contre le mur. Tous deux tombèrent ensemble sur le sol.

– Tu l'as tuée, glapit Phil en le prenant à la gorge.

Les iris de James brillaient comme du métal en fusion. D'un geste implacable, il bloqua les poignets de son adversaire.

– Arrête ça tout de suite, siffla-t-il.

Et Phil s'arrêta, sans doute impressionné par son autorité. Secoué de sanglots, il tentait maintenant de retrouver sa respiration.

– S'il le faut je te tuerai, gronda James. Mais je sauverai Poppy. Elle ne s'en tirera que si tu te calmes et fais exactement ce que je vais te dire. Compris ?

Pour appuyer ses paroles, il le secouait avec vigueur, manquant à plusieurs reprises de lui cogner la tête contre le mur.

Curieusement, cela produisit son effet. James était en train de dire qu'il tenait à Poppy et, aussi étrange que cela puisse paraître, Phil commençait à lui faire confiance.

La folle colère qui s'était emparée de lui le quitta d'un seul coup. Il prit une longue inspiration.

– D'accord. Compris.

Lui qui avait tant pris l'habitude de commander, les autres autant que lui-même, n'appréciait guère de recevoir des ordres de James. Mais, en la circonstance, il n'avait pas le choix.

– Enfin, elle est morte, non ?

– Tout dépend de ce que tu entends par là, dit James en se relevant lentement. Ça s'est bien passé. Exactement comme prévu, sauf ta réaction. J'allais te demander d'avertir tes parents pour qu'ils rentrent maintenant mais là, on n'a plus le choix. Je ne vois pas comment leur expliquer ce gâchis, sauf en leur annonçant la vérité.

– C'est-à-dire ?

– Qu'en montant dans sa chambre, tu l'as trouvée morte et que ça t'a rendu fou. Après quoi je les ai appelés... Tu sais dans quel restaurant ils sont, je suppose ?

– Chez Valentino's. Ma mère a fait remarquer qu'ils avaient de la chance.

– Ça marche. Mais il faut commencer par ranger la chambre. Enlever toutes ces bougies. Il faut qu'elle ait juste l'air de s'être endormie, comme tous les soirs.

Phil jeta un coup d'œil vers la porte-fenêtre. La nuit commençait seulement à tomber. Mais Poppy dormait beaucoup, ces derniers temps.

– On expliquera qu'elle était fatiguée, proposa-t-il en luttant contre le vertige, et qu'elle nous a dit d'aller regarder la télé. Jusqu'au moment où je suis remonté voir où elle en était.

– Très bien.

Il ne leur fallut pas longtemps pour remettre la chambre en état bien que Phil eût toutes les peines du monde à ne pas regarder sa sœur et que, chaque fois qu'il la regardait, il se sentît pris d'un début d'étourdissement. Elle paraissait si minuscule, si délicate ! Un ange de Noël en juin.

Le plus pénible fut de lui ôter ses peluches.

– Alors, elle va se réveiller ? demanda-t-il sans la quitter des yeux.

– Je l'espère bien ! souffla James avec ferveur. Sinon, tu n'auras pas besoin de venir me chercher avec un pieu. Je m'en chargerai moi-même.

Le choc de la surprise passé, Phil s'emporta :

– Arrête tes conneries ! S'il y avait une chose qui comptait... qui compte pour Poppy, c'est la vie. Tu ne ferais que l'insulter en te supprimant. En plus, tu as fait de ton mieux, ce serait nul de t'accuser de quoi que ce soit.

James semblait ne plus comprendre. L'un comme l'autre, ils étaient parvenus à se surprendre.

– Merci, souffla-t-il enfin.

Ce qui marqua une étape déterminante, la première fois où ils se trouvaient à peu près sur la même longueur d'onde.

Phillip détourna la tête avant de lâcher :

– C'est le moment d'appeler le restaurant, peut-être ?

James regarda sa montre.

– Dans quelques minutes.

– Si on attend trop longtemps, ils seront partis quand on téléphonera.

– Peu importe. Tant qu'on n'a pas un secouriste en train d'essayer de la ranimer ou de l'emmener à l'hôpital, c'est tout ce qui compte. Il faut qu'elle soit froide quand les gens arriveront.

Phil recula, saisi d'épouvante.

– Quel cynisme ! maugréa-t-il.

– Je considère l'aspect pratique des choses, c'est tout.

Il effleura la main bleutée de Poppy sur la couverture.

– Bon, on peut y aller. Je me charge de l'appel, tu peux piquer de nouveau ta crise si tu veux.

Mais Phil se sentait vidé de toute énergie. Il avait envie de pleurer, comme un enfant perdu, apeuré.

– Appelle mes parents, articula-t-il.

Il s'agenouilla devant le lit et attendit. La musique s'était arrêtée, on n'entendait plus que la télévision dans le salon. Il n'eut plus conscience du temps qui passait, jusqu'au moment où il entendit une voiture se garer devant la maison.

Alors il posa le front sur l'oreiller, pleurant à chaudes larmes, certain d'avoir perdu sa sœur à jamais.

– Reprends-toi, conseilla James derrière lui. Ils sont là.

11

Les heures qui suivirent furent les pires que Phil ait jamais vécues.

D'abord et avant tout, il y eut sa mère. Dès qu'elle entra, il comprit que, loin d'attendre un quelconque réconfort de sa part, c'était à lui de la consoler. Encore qu'il n'existe aucune consolation possible. Il ne pouvait rien faire de mieux que de la serrer dans ses bras.

C'est trop cruel. Il doit bien exister un moyen de la mettre au courant. Mais elle ne me croira jamais et, si elle me croit, ça la mettra en danger elle aussi.

Finalement les secouristes arrivèrent, mais à la suite du Dr Franklin.

– C'est moi qui l'ai appelé, indiqua James.

Il avait intercepté Phil alors que Mme Hilgard pleurait sur l'épaule de Cliff.

– Pourquoi ?

– Pour éviter les complications. Dans ce cas, tout

médecin peut délivrer un certificat de décès s'il a vu son patient au cours des vingt jours qui ont précédé la mort et s'il en connaît la cause. Ça vaut mieux que de passer par l'hôpital ou par un légiste.

– Qu'est-ce que tu as contre les hôpitaux ?

– J'ai qu'ils pratiquent des autopsies.

Phil se figea, ouvrit la bouche mais aucun son n'en sortit.

– Et aux pompes funèbres, on vous embaume. C'est pourquoi je dois rester dans les parages quand on viendra chercher le corps. Il faut que je les envoûte afin de les empêcher de l'embaumer, ou de lui coudre les lèvres, ou…

Cette fois, Phil alla vomir aux toilettes. Et se remit à haïr James.

Cependant, personne n'emporta le corps de Poppy à l'hôpital et le Dr Franklin ne fit aucune allusion à une quelconque autopsie. Il prit juste la main de MmeHilgard et lui indiqua doucement que de telles choses pouvaient se produire et qu'au moins Poppy n'avait pas souffert.

– Mais elle allait tellement mieux aujourd'hui ! murmura-t-elle entre ses larmes. Oh ma pauvre petite fille ! Son état empirait mais, aujourd'hui, elle allait mieux.

– Ce sont des choses qui arrivent parfois. Comme une dernière manifestation de la vie.

– Et je n'étais même pas là pour elle ! Elle est morte toute seule.

– Elle dormait, indiqua Phil. Elle venait de s'endormir et elle ne s'est plus réveillée. Regarde-la, elle est tellement paisible !

Il ne cessa de dire ce genre de chose, relayé par Cliff et par le médecin, jusqu'à ce que les secouristes s'en aillent. Peu après, alors que Mme Hilgard s'était assise sur le lit de sa fille pour lui caresser les cheveux, ce furent les employés des pompes funèbres qui se manifestèrent.

– Donnez-moi encore quelques minutes, implora-t-elle, très pâle mais l'œil sec. Je voudrais rester seule avec elle.

Les hommes allèrent s'installer dans le salon, face à James qui les regardait. Phil comprit alors ce qui se passait : il leur inculquait l'idée de ne pas l'embaumer.

– C'est pour des raisons religieuses ? demanda soudain l'un d'eux à Cliff.

Celui-ci parut tomber des nues.

– Pardon ?

– Je comprends. Ça ne pose pas de problème.

Phil aussi comprenait. Quoi que l'homme ait entendu, ce n'était pas Cliff qui le lui avait dit.

– La seule chose, intervint l'autre employé, c'est de procéder à la cérémonie le plus vite possible. À moins de fermer le cercueil.

– Je sais, c'était tellement soudain, marmonna le beau-père de Poppy. Sa maladie n'a pas duré longtemps.

Ainsi, c'était son tour de ne pas entendre ce qu'on lui disait. Phil posa les yeux sur James qui transpirait légèrement. Ce ne devait pas être facile de contrôler trois esprits à la fois.

Dans le but d'empêcher sa femme d'assister au déroulement des opérations qui allaient suivre, Cliff l'emmena dans leur chambre.

Les deux hommes entrèrent dans celle de Poppy armés d'une housse mortuaire et d'un brancard. Ils en ressortirent peu après et la housse ne paraissait plus vide.

Phil eut toutes les peines du monde à maîtriser les mouvements de révolte qui le démangeaient. Il avait envie de tout casser, de courir un marathon, de s'en aller.

Cependant, ce furent ses genoux qui flanchèrent, sa vision qui se brouilla. Il se sentit retenu par une solide paire de bras, conduit vers un fauteuil.

– Accroche-toi, dit James. Encore quelques minutes. C'est presque fini.

Phil faillit lui pardonner de n'être qu'un monstre suceur de sang.

La nuit était bien avancée lorsque tous décidèrent enfin d'aller se coucher. Pour dormir, c'était autre chose. Brûlant de douleur des pieds à la tête, Phil resta éveillé à la lumière de sa lampe jusqu'au lever du soleil.

Le salon funéraire évoquait un manoir victorien et la salle où on avait installé Poppy débordait de fleurs, fourmillait de visiteurs. La jeune fille reposait dans un cercueil blanc aux poignées dorées ; de loin, elle paraissait dormir.

Phil n'aimait pas la regarder. Il préférait se tourner vers l'assistance qui occupait tous les bancs disponibles. Il ne s'était pas rendu compte que tant de gens pouvaient aimer sa sœur.

– Je n'arrive pas à croire qu'elle est partie, dit un de ses coéquipiers de football.

– Je ne l'oublierai jamais, pleurait une amie.

Vêtu d'un costume sombre, Phil se tenait aux côtés de sa mère et de Cliff, comme dans un mariage. Mme Hilgard ne cessait de répéter :

– Merci d'être venu.

Les gens l'étreignaient, l'embrassaient, lui serraient la main, avant de s'approcher du cercueil qu'ils frôlaient en pleurant.

Durant cette cérémonie d'exposition, Phil s'avisa d'un seul coup que la mort de Poppy était trop tangible, trop évidente pour pouvoir croire une minute de plus à ces histoires de vampires. Il en conclut que ce défilé funèbre, qu'il avait abordé comme une comédie, correspondait sans doute à la réalité.

Après tout, les autres en paraissaient si sûrs ! Poppy avait développé un cancer qui l'avait tuée. Les vampires et autre Night World n'étaient que d'absurdes superstitions.

James ne se manifesta pas.

Poppy rêvait.

Il faisait chaud et elle marchait pieds nus le long de l'océan en compagnie de James. Elle arborait un nouveau maillot de bain qui changeait de couleur quand il était mouillé. Elle espérait que James le remarquerait, pourtant, il n'en dit rien.

Tout d'un coup, elle s'aperçut qu'il portait un masque. Avec ses nombreuses ouvertures, cela risquait de lui donner un drôle de bronzage.

– Tu ne ferais pas mieux de l'enlever ? suggéra-t-elle.

– J'en ai besoin.

Ce n'était pas la voix de James.

Choquée, elle lui arracha son masque.

Ce n'était pas James mais un garçon aux mèches blond cendré, encore plus claires que celles de Phil.

Comment n'avait-elle pas remarqué la couleur de ses cheveux jusque-là ? Il avait les yeux verts... puis bleus.

– Qui êtes-vous ? demanda-t-elle apeurée.

– Ce ne serait plus drôle si je le disais.

Il sourit. Il avait les yeux violets. Soudain il brandit un coquelicot[1]. Noir. Avec, il lui caressa la joue.

– N'oublie pas, lança-t-il avec un sourire malicieux. La magie noire existe aussi.

– Pardon ?

– La magie noire existe aussi.

Là-dessus, il tourna les talons et s'en alla sans laisser d'empreintes sur le sable. Elle s'aperçut que c'était elle qui tenait maintenant le coquelicot entre les mains.

Elle se retrouvait seule devant l'océan rugissant. Les nuages s'amoncelaient au-dessus de sa tête. Elle avait envie de se réveiller mais ne le pouvait pas. Elle était seule, elle avait peur. Dévorée d'angoisse, elle laissa tomber le coquelicot.

– James !

*

* *

Phil s'assit sur son lit, le cœur battant.

---

1. NdT : *Poppy*, en anglais.

Qu'avait-il entendu ? Une espèce de cri... lancé par la voix de Poppy.

Hallucinant.

Cela n'avait vraiment rien d'extraordinaire. On était lundi, jour de l'enterrement de Poppy. Dans quatre heures à peu près, ils seraient tous à l'église. Pas étonnant qu'il soit en train de rêver d'elle.

Pourtant, elle semblait avoir tellement peur...

Il préféra écarter cette idée de son esprit. Ce qui ne lui fut pas difficile car il s'était convaincu que Poppy était morte, et les morts ne criaient pas.

Pendant l'enterrement, toutefois, il éprouva un choc. Son père était là, dans une espèce de costume même si la veste n'était pas assortie au pantalon et si la cravate était de travers.

– Je suis venu dès que j'ai su...

– Enfin, où étais-tu ? interrogea Mme Hilgard.

Elle avait des plis qui se creusaient sous ses yeux, comme chaque fois qu'elle avait affaire au père de Phil.

– Je faisais de la randonnée dans les Blue Ridge Mountains. La prochaine fois, je te promets de laisser une adresse, de vérifier mes messages...

Il fondit en larmes. Sans rien dire, elle le prit dans ses bras et Phil eut le cœur serré de les voir ainsi s'étreindre.

Il savait que son père était un être irresponsable, incapable d'assurer l'éducation de ses enfants, un raté, un excentrique. Cependant, personne n'aimait plus Poppy que lui. Impossible de lui jeter la pierre, en ce moment, même en présence de Cliff qui avait tout assumé à sa place.

Le choc se produisit lorsque son père se tourna vers Phil, juste avant le service religieux.

– Tu sais, chuchota-t-il, elle est venue me voir cette nuit. Enfin son esprit. Elle m'a rendu visite.

C'était exactement le genre de déclaration qui avait fini par provoquer le divorce. Cet homme passait sa vie à raconter des rêves bizarres, à voir des choses qui n'existaient pas. Sans parler de son obsession de l'astrologie, de la numérologie et des soucoupes volantes.

– Je ne l'ai pas vue mais je l'ai entendue m'appeler. Elle avait l'air d'avoir tellement peur ! Ne le dis pas à ta mère, seulement j'ai l'impression qu'elle n'a pas trouvé la paix.

Il se cacha le visage dans les mains.

Et Phil d'en avoir froid dans le dos.

Cependant, cette déplaisante impression eut tôt fait de disparaître, emportée par le cérémonial du service religieux, parmi des affirmations telles que :

– Poppy restera toujours vivante dans nos cœurs et dans nos souvenirs.

Un corbillard gris emporta le cercueil vers le cimetière de Forest Park et, dans le soleil de juin, tout le monde écouta le pasteur réciter une dernière prière au bord de la tombe. Lorsque vint le tour de Phil d'y jeter une rose, il tremblait de tous ses membres.

Ce fut un moment éprouvant. Deux amies de Poppy s'évanouirent dans des sanglots hystériques. Il fallut emmener aussi Mme Hilgard qui avait défailli pendant les condoléances. Mieux valait ne penser à rien, ni là, ni au cours du buffet servi ensuite dans la maison familiale.

Là, pourtant, les deux mondes de Phil se heurtèrent. Au milieu de la foule encore grouillante, il aperçut James.

Il ne sut que faire. Céder à l'impulsion de le chasser, de lui dire que sa petite plaisanterie avait tourné court ?

Cependant, James était venu à sa rencontre.

– Tiens-toi prêt pour vingt-trois heures, lui souffla-t-il.

Phil sursauta :

– Prêt pour quoi ?

– Tiens-toi prêt, voilà tout. Et apporte des habits de Poppy, des trucs ordinaires dont on ne remarquera pas la disparition.

Comme Phil ne disait rien, James lui jeta un coup d'œil contrarié.

– Il faut la faire sortir, abruti ! Tu veux la laisser là-dedans, ou quoi ?

Crac. Cette fois, les deux mondes entraient en collision. Et Phil de se retrouver catapulté dans l'espace, un pied sur chacun d'entre eux.

Arc-bouté sur les débris du monde normal, il s'adossa à un mur.

– Je ne peux pas, souffla-t-il. Je ne peux pas faire ça. Tu es fou !

– C'est toi qui es fou. Tu te conduis comme si de rien n'était. Et j'ai besoin de ton aide, je ne peux pas tout faire seul. Au début, elle sera désorientée, comme une somnambule. Elle a besoin de toi.

Ce qui galvanisa Phil. Il se redressa d'un bond, demanda à voix basse :

– Tu l'as entendue, cette nuit ?

James détourna les yeux.

– Elle n'était pas réveillée. Elle rêvait.

– Comment peut-on l'entendre d'aussi loin ? Même mon père a perçu son cri. Tu es certain qu'elle va bien, d'abord ?

– Il y a une minute, tu croyais encore qu'elle était morte, bonne à enterrer. Maintenant tu veux avoir la garantie qu'elle va bien.

Un regard de glace argentée errait sur lui.

– Je n'ai jamais fait ça, d'accord ? Je suis un rituel, c'est tout. Et les choses peuvent toujours dérailler. Seulement je sais au moins un truc, c'est que si on la laisse là-bas, elle aura un réveil très désagréable, vu ?

– Oui, désolé, mais je n'arrive pas à y croire... Enfin, si elle a crié cette nuit c'est qu'elle était vivante ?

– Et bien vivante, tu peux me croire. Je n'ai jamais croisé de télépathe plus solide qu'elle. Crois-moi, elle ne va pas passer inaperçue.

Phil préféra ne pas imaginer par qui ni en quelles circonstances. Certes, James était un vampire qui paraissait tout à fait normal... la plupart du temps. Seulement l'esprit de Phil continuait de lui envoyer des représentations de Poppy sous la forme d'un monstre hollywoodien. Les yeux rouges, le teint cireux, les dents sanguinolentes.

Si elle sortait sous cette forme, il essaierait de l'aimer quand même mais, quelque part, il rêverait de s'armer d'un pieu.

Le cimetière de Forest Park changeait complètement d'aspect la nuit. L'obscurité y était profonde, épaisse. Sur la grille d'entrée, une pancarte avertissait : « Pas de visites après le coucher du soleil ». Néanmoins, la grille elle-même restait ouverte.

Je n'ai pas envie d'être ici, se dit Phil.

James engagea la voiture dans l'allée à sens unique qui longeait les murs et se gara au pied d'un ginkgo.

– Et si on nous voyait ? Ils n'ont pas de gardes ou je ne sais quoi ?

– Ils ont un veilleur de nuit. Qui dort. Je m'en suis assuré avant de venir te chercher.

James sortit et entreprit de décharger une masse énorme d'outils qu'il avait rangés à l'arrière de son Integra.

Deux grosses torches, une pince à levier. Quelques vieilles planches. Deux bâches. Et deux pelles toutes neuves.

– Tu m'aides ?

– C'est pour quoi faire ?

Cependant, Phil lui prêta main-forte. Et ils s'engagèrent dans un sentier tortueux, grimpèrent un escalier de bois, descendirent de l'autre côté pour se retrouver au Pays des Jouets.

C'était ainsi que quelqu'un avait dénommé cette section du cimetière dédiée aux enfants. Il fallait passer par là pour voir des sépultures ornées de nounours.

La tombe de Poppy se trouvait à l'angle d'une pelouse, tout juste marquée d'un panneau de plastique vert.

James laissa tomber son chargement sur l'herbe puis s'agenouilla pour examiner le sol à l'aide de sa torche.

Debout à côté de lui, Phil scrutait silencieusement les alentours. Il redoutait d'être surpris par un gardien, tout en le souhaitant ardemment. Les seuls bruits qu'il entendait provenaient des grillons et de la circulation dans le lointain. Les branches des arbres se mouvaient doucement dans la brise.

– C'est bon, dit James. Il va falloir commencer par arracher ce gazon.

– Hein ?

Phil ne s'était même pas demandé pourquoi il y avait déjà de l'herbe sur cette tombe fraîchement creusée. Bien sûr, c'était du gazon acheté au mètre que James roulait à présent comme un simple tapis.

Phil trouva le bord d'une bande voisine et se mit en devoir de l'imiter. Il n'avait jamais imaginé que ces bouts de pelouse artificielle pouvaient peser aussi lourd.

Tous deux finirent par dégager ainsi le périmètre de la tombe.

– On y va doucement, conseilla James. Il faudra les remettre en place après. Ni vu ni connu.

Ensuite il disposa les planches autour du sol fraîchement remué qu'ils allaient creuser, puis étendit les bâches derrière.

Quand je pense à ce que je suis en train de faire ! se dit Phil.

Pourtant il le faisait, et tant qu'il ne songea qu'à enfoncer sa pelle dans cette terre meuble, tout alla bien. Le travail se révéla facile, du moins au début. Peu à peu, cependant, il sentit la sueur lui coller au front.

– C'est dingue ! maugréa-t-il. Il nous faudrait une grue.

– Repose-toi, si tu es fatigué.

De son côté, James continuait. Il était plus fort que lui et continuait de donner des coups de pelle sans même se redresser. Comme s'il s'amusait.

– Au fait, observa Phil, tu ne fais partie d'aucune équipe de sport, au lycée ?

– Je préfère les sports individuels, comme la lutte.

À son sourire malicieux, Phil comprit qu'il faisait allusion à un sport de chambre, à la lutte contre des adversaires qui pouvaient s'appeler Jacklyn ou Michaela.

Il ne put s'empêcher de lui rendre son sourire et finit par le rejoindre. Tous deux se remirent au travail en silence, jusqu'au moment où leur pelle trouva enfin une résistance.

– On dirait une pierre, remarqua Phil.

– Normal, c'est le caveau. Ils mettent le cercueil dedans de façon qu'il ne soit pas écrasé si le sol venait à s'effondrer. Va me chercher la pince.

Phil s'exécuta et finit par apercevoir la voûte de ciment qui fermait la tombe, en fait une espèce de coffre dont James attaquait la fermeture à la pince.

– Là ! s'écria-t-il quand il en eut fait sauter les gonds.

Il la souleva et, cette fois, Phil aperçut le cercueil encore parsemé de roses jaunes.

James haletait. Certainement pas de fatigue, se dit Phil qui, de son côté, se sentait les poumons en feu, le cœur battant à tout rompre.

– Mon Dieu ! souffla-t-il.

– On y est, cette fois.

James écarta les roses du dos de la main et entreprit de défaire les loquets latéraux. Après quoi, il marqua une courte pause, les deux mains posées sur la surface blanche. Puis il souleva le couvercle et Phillip vit ce qu'il y avait à l'intérieur.

12

Poppy gisait dans un drap de velours blanc, les yeux clos, très pâle, d'une étrange beauté... mais était-elle morte ?

– Réveille-toi, dit James.

Il posa la paume sur son épaule et Phillip eut l'impression qu'il l'appelait autant avec son esprit qu'avec sa voix.

Une minute s'écoula, qui parut durer une éternité. James posa l'autre paume sous le cou de la jeune fille, la soulevant légèrement.

– Poppy, c'est l'heure. Réveille-toi.

Elle remua les paupières.

Une joie énorme s'empara de Phillip. Il eut envie de pousser un cri de triomphe, de piétiner la pelouse, mais aussi de s'enfuir. Il finit par sauter dans la fosse et atterrit sur les genoux tant il avait les jambes flageolantes.

– Allez, Poppy ! Lève-toi. Il faut s'en aller.

James l'interpellait d'une voix douce et insistante comme s'il s'adressait à un patient sortant de son anesthésie.

Ce qui, au fond, était le cas. Elle cligna encore des paupières, tourna légèrement la tête, ouvrit les yeux, les referma presque aussitôt. Cependant, James continuait à lui parler, si bien qu'elle finit par le regarder vraiment.

Il la fit asseoir.

– Poppy ! s'écria Phil.

Cela lui avait échappé. Il avait l'impression que sa poitrine allait exploser.

Elle semblait éblouie par la lumière de la torche, aussi la détourna-t-il.

– Viens, reprit James en l'attirant hors du cercueil.

Il n'eut pas de mal. Elle était petite et se tint debout sur la moitié du couvercle demeuré rabattu. Phil l'aida à se hisser à la surface.

Et la prit fiévreusement dans ses bras.

Quand il se détacha d'elle, Poppy le regardait sans paraître comprendre. Elle se lécha l'index et le lui promena sur la joue.

– Tu es sale, dit-elle.

Ainsi, elle pouvait parler. Elle n'avait pas les yeux rouges, pas le teint cireux. Elle était vraiment vivante.

Anéanti de soulagement, il la serra de nouveau contre lui.

– Oh, mon Dieu, Poppy ! Tu vas bien !

Ce fut à peine s'il remarqua qu'elle ne répondait pas à son étreinte.

À son tour, James sortit de la fosse.

– Comment te sens-tu, Poppy ?

Ce n'était pas une politesse, plutôt une question attentive.

Elle les dévisagea, l'un après l'autre.

– Je vais… bien.

– Tant mieux, dit James, toujours vigilant.

– Je… j'ai faim.

Phil fronça les sourcils.

– Tu viens par ici ? lui lança James sur une bâche.

Mal à l'aise, il avait l'impression que sa sœur le… reniflait ? Pas bruyamment, mais à la façon délicate d'un chat.

– Dépêche, insista James.

Ce qui se passa ensuite arriva si vite que Phil n'eut même pas le temps d'obtempérer.

Des mains fluettes lui enserrèrent les biceps comme un étau d'acier. Poppy lui sourit, découvrant des canines aiguisées qu'elle lança vers sa gorge tel un cobra.

Je vais mourir, songea-t-il avec un calme étrange. Il ne pouvait s'opposer à elle. Pourtant, elle manqua son objectif et les deux crocs patinèrent sur sa peau comme deux tisonniers brûlants.

– Arrête ! s'écria James.

Il lui passa un bras autour de la taille, l'arrachant à sa proie.

Elle poussa un gémissement de déception et regarda Phil se relever, avec des yeux de chat en train d'observer un insecte.

– C'est ton frère, Phil. Ton jumeau, tu te rappelles ?

Elle continuait de le dévisager de ses pupilles dilatées. Non seulement elle était pâle et magnifique, mais elle semblait mourir de faim.

– Mon frère ? Il est de notre espèce, alors ?

Les narines frémissantes, elle paraissait abasourdie et ses lèvres s'entrouvrirent.

– Il n'en a pas l'odeur.

– Non, il n'est pas de notre espèce mais tu ne dois quand même pas le mordre. Il va falloir attendre un peu pour te nourrir.

Il se tourna vers Phillip et ajouta :

– Allez, on rebouche vite ce trou.

Au début, Phil crut qu'il ne pouvait plus bouger tant il restait fasciné par les prunelles de Poppy. Elle se tenait là, dans l'obscurité, revêtue de sa jolie robe blanche, souple comme un lys, les cheveux encadrant son visage, et le fixait de ses yeux de panthère.

Elle n'avait plus rien d'humain. C'était autre chose. D'ailleurs, elle l'avait dit elle-même, avec James ils ne faisaient qu'un et Phil se sentait mis à l'écart. Désormais, elle appartenait au Night World.

On aurait dû la laisser mourir, songea-t-il en ramassant sa pelle. James avait déjà refermé la voûte du caveau et Phil se mit à balancer dessus des volées de terre sans regarder où elle atterrissaient.

– Ne dis pas d'âneries, lança la voix de James près de lui. Elle n'a pas encore très bien récupéré de sa mort. Laisse-lui le temps de se remettre, d'accord ?

Les paroles étaient brutales, néanmoins elles le rassurèrent. Au fond, la vie valait la peine d'être vécue, sous toutes ses formes. Et Poppy avait choisi celle-là.

Pourtant, elle avait changé et seul le temps dirait à quel point.

Phil en tira la conclusion qu'il avait commis une erreur en croyant que les vampires ressemblaient aux humains. Il était tellement à l'aise avec James qu'il en avait presque oublié leurs différences.

Erreur qu'il n'était pas près de commettre à nouveau.

Poppy se trouvait dans une forme fantastique, à presque tous les points de vue.

Elle se sentait secrète et forte, poétique, pleine de possibilités, comme si elle venait de muer pour se voir dotée d'un corps nouveau.

Et puis elle était persuadée, sans trop savoir comment, qu'elle n'avait plus de cancer.

Cette terrible menace qui lui rongeait les entrailles avait disparu, tuée par son nouveau corps, en quelque sorte ingurgitée. À moins que toutes les cellules de Poppy North, toutes ses molécules n'aient changé.

Quoi qu'il en soit, elle était vivante et en bonne santé. Pas seulement en meilleure forme que depuis longtemps mais mieux qu'elle ne s'était jamais sentie. Étrangement, elle avait l'impression que toutes ses articulations, tous ses nerfs fonctionnaient délicieusement bien.

Le seul ennui demeurant qu'elle avait faim. Il lui fallait faire appel à toute sa volonté pour ne pas sauter sur le type blond à quelques pas d'elle. Phillip. Son frère.

Elle savait bien que c'était son frère, mais c'était aussi un humain et son odeur exquise lui donnait les crocs. Elle avait besoin d'absorber le délicieux et vivifiant liquide qui lui coulait dans les veines.

Une piqûre agaçant sa lèvre inférieure, elle y porta instinctivement le pouce.

Une dent. Pointue, délicatement effilée. Ses deux canines avaient grandi et lui semblaient d'une incroyable sensibilité. Elle y passa la langue pour mieux les sentir et elles finirent par se rétracter. Mais, dès qu'elle se représentait un humain juteux comme un fruit des bois, elles repoussaient.

Malgré son désir de les surprendre, elle préféra ne pas provoquer les deux garçons qui achevaient de remplir la fosse, et regarda autour d'elle pour tenter de se distraire.

Bizarre, ce n'était pas tout à fait le jour, pas complètement la nuit. Peut-être une éclipse. Trop obscur pour la lumière de midi, trop lumineux pour minuit. Elle apercevait les feuilles des érables et la mousse espagnole grise accrochée aux branches des chênes, attaquée par d'innombrables moucherons aux ailes claires.

En levant les yeux vers le ciel, elle éprouva un choc. Il y flottait quelque chose, une énorme plaque ronde qui scintillait d'une lumière argentée. Un vaisseau spatial, une planète inconnue ?

Non, c'était bien la lune, la pleine lune comme elle l'avait vue mille fois, mais tellement énorme et aveuglante qu'elle comprit ce qui se passait : elle possédait une vision nocturne, ce qui expliquait pourquoi elle distinguait si bien les moucherons, entre autres.

Tous ses sens lui semblaient acérés comme jamais. D'agréables odeurs lui taquinaient les narines, de petits animaux qui se cachaient, d'oiseaux qui voletaient.

Jusqu'au vent qui lui apportait de titillants effluves de lapin.

Et puis elle entendait tous ces bruits. Elle fit volte-face aux aboiements d'un chien derrière elle avant de se rendre compte qu'il se trouvait loin, bien au-delà du cimetière.

Je parie que je cours aussi très vite. Elle avait des fourmis dans les jambes, envie de galoper à travers cette nuit parfumée, de s'y mêler, de s'y fondre, puisqu'elle en faisait désormais partie.

James, dit-elle. L'étonnant étant qu'elle le dit sans l'articuler. Elle savait le faire sans réfléchir.

James s'arrêta un instant sur le manche de sa pelle. *Attends, ma puce* répondit-il sur le même ton. *On a presque fini.*

Après tu m'apprendras à chasser ?

Il hocha imperceptiblement la tête. Avec ses mèches qui lui tombaient sur le front, il avait un air adorablement négligé. Jamais elle ne l'avait si bien vu ; non seulement il possédait ces cheveux soyeux, cet énigmatique regard gris et ce corps athlétique mais il incarnait la pluie d'hiver, martelée par les battements de son cœur de prédateur, illuminée par l'aura métallique de sa force. Poppy percevait la finesse de son esprit, sa puissance de fauve, mais aussi sa douceur et sa mélancolie.

On est compagnons de chasse maintenant, lui dit-elle avec enthousiasme ; il lui répondit d'un sourire. Pourtant, elle le devinait inquiet et elle avait l'impression qu'il lui cachait quelque chose.

Impossible d'y réfléchir. En même temps, elle n'avait plus faim… elle se sentait bizarre. Comme si elle avait du mal à respirer.

James et Phillip secouaient les bâches et déroulaient les bandes de gazon pour les remettre en place sur sa tombe. Sa tombe. Étrange, elle n'y avait pas songé jusqu'ici. Pourtant, elle avait été enterrée… et elle n'éprouvait ni peur ni répulsion.

D'ailleurs, elle ne se rappelait pas être passée par là ; rien ne lui restait entre son assoupissement dans sa chambre et son réveil à la voix de James.

À part un rêve…

– Bon, dit ce dernier, on va pouvoir y aller. Ça va ? Tu te sens bien ?

– Euh… un peu drôle. J'ai du mal à respirer un bon coup.

– Moi aussi, assura Phil en s'essuyant le front. Je ne savais pas que c'était si difficile de creuser une tombe.

– Tu crois que tu vas pouvoir tenir jusqu'à mon appartement ? demanda James à Poppy.

– Oui, pourquoi pas ?

Elle ne voyait pas trop de quoi il voulait parler. Quel rapport avec sa respiration ?

– J'ai deux donneurs sûrs là-bas. Je préférerais ne pas trop te voir dans les rues pour le moment. Et je suis certain que tu y arriveras sans mal.

Elle ne lui demanda pas ce qu'il entendait par là car elle éprouvait trop de difficultés à aligner plus de deux idées.

Quand il voulut la cacher à l'arrière de la voiture, elle refusa carrément. Elle voulait s'asseoir à l'avant, sentir l'air de la nuit sur son visage.

– Bon, finit-il par acquiescer, mais au moins dissimule-toi le visage derrière le bras. J'emprunterai des routes pas trop fréquentées. Il ne faut pas qu'on te voie, Poppy.

Il ne semblait y avoir personne dans les rues à cette heure. Un vent frais lui caressa les joues pendant le trajet mais ne l'aida pas à mieux respirer pour autant. Elle avait beau essayer, elle n'arrivait pas à inhaler une bonne goulée d'air.

Je suis en hyperventilation. Son cœur battait trop vite, elle avait les lèvres et la langue sèches.

Qu'est-ce qui m'arrive ?

C'est alors que la douleur la saisit.

Des crampes atroces dans les membres, ce qui lui rappela vaguement les explications d'un prof de gymnastique : « *On a des crampes quand les muscles manquent de sang.* »

Et cela faisait mal ! Elle ne pouvait même pas appeler James, juste s'accrocher à la porte en essayant de respirer, de changer de posture mais cela ne servait à rien.

Des crampes partout. Et tant de vertiges qu'elle vit des étincelles jaillir de tous côtés.

Elle était en train de mourir. La voiture s'arrêta à un feu rouge. Poppy avait sorti la tête et les épaules et, soudain, elle capta un souffle de vie.

La vie. Voilà ce qu'il lui fallait. Sans plus y réfléchir, elle passa à l'acte. D'un simple mouvement, elle ouvrit la portière et se jeta dehors.

Elle entendit le cri de Phil derrière elle, le cri de James dans sa tête mais n'en tint pas compte. Rien n'existait plus que cette douleur qu'il fallait à tout prix arrêter.

Elle s'accrocha à un passant tel un noyé à son sauveteur. Il était grand et fort pour un humain et portait un jogging noir et un blouson. Il n'avait pas le visage très propre ni bien rasé mais c'étaient là des éléments secondaires.

Cette fois, elle planta ses crocs sans hésiter dans la gorge de l'homme qui ne lui opposa qu'une faible résistance.

Enfin, elle pouvait boire, emplir son gosier du merveilleux liquide, apaiser sa faim atroce et sentir la vie revenir en elle.

À force de boire, elle fut également délivrée de cette douleur qui fit place à une euphorique légèreté. Quand elle marqua une pause pour reprendre son souffle elle sentit ses poumons s'emplir d'un air bienfaisant.

Et puis elle se remit à boire, à avaler, à déguster cette source vivifiante et tiède qui coulait encore en lui. Elle la voulait toute pour elle.

Ce fut alors que James lui tira la tête en arrière.

Il parlait à la fois tout fort et dans son esprit, d'une voix aussi calme que tendue :

– Poppy, je regrette. Pardon ! C'est ma faute. Je n'aurais pas dû te faire attendre aussi longtemps. Mais tu en as assez pris comme ça. Tu peux t'arrêter.

Du coin de l'œil, elle avait aussi aperçu Phillip, son frère Phillip qui la contemplait d'un air horrifié. James avait dit qu'elle pouvait s'arrêter, ça ne signifiait pas qu'elle devait… Elle n'en avait aucune envie. L'homme ne se débattait plus du tout. Il semblait inconscient.

Elle se pencha de nouveau. James la tira en arrière presque brutalement.

– Écoute, reprit-il d'une voix dure, cette fois tu vas devoir choisir : tu veux vraiment tuer ?

Ces paroles la choquèrent assez pour lui faire marquer une hésitation. Tuer… n'était-ce pas un moyen d'obtenir le pouvoir ? Le sang, c'était le pouvoir, la vie, l'énergie et la nourriture. Si elle pressait cet homme comme une orange, elle capterait l'essence du pouvoir. Qui savait de quoi elle serait capable après ça ?

Sauf que... c'était un homme, pas une orange. Un être humain. Ce qu'elle avait été naguère.

Lentement, à regret, elle se redressa et James poussa un soupir. En lui tapotant l'épaule, il s'assit sur le trottoir à côté d'elle, comme s'il était trop fatigué pour se lever immédiatement.

Quant à Phil, il demeurait collé contre le mur voisin, épouvanté, ce que Poppy percevait très bien. Elle captait même certains mots qui traversaient sa pensée, des mots comme *effrayant* et *amoral*. Ainsi qu'une phrase entière :

Est-ce que ça vaut la peine de lui sauver la vie quand elle a perdu son âme ?

James se tourna brusquement vers lui et Poppy sentit la rage glacée qui l'habitait.

– Tu n'as vraiment rien compris ! Elle aurait pu s'attaquer à toi dix fois, pourtant elle ne l'a pas fait, alors qu'elle croyait mourir. Tu ne sais pas à quel point on peut suffoquer quand on a faim, tu as les cellules qui se dessèchent littéralement par manque d'oxygène, parce que ton sang ne leur en apporte plus. C'est la pire douleur qui existe. Pourtant ta sœur ne s'en est pas prise à toi dans l'espoir de la faire cesser.

Atterré, Phil ne sut que balbutier :

– Désolé...

– Laisse tomber.

Lui tournant le dos, James examina l'homme, et Poppy lut dans son esprit.

– Je lui dis d'oublier tout ça, expliqua-t-il. Il a juste besoin de repos. Il peut très bien dormir ici. Tu vois, sa blessure est déjà en train de se refermer.

Elle voyait mais cela ne la réjouissait pas pour autant. Elle savait que cela n'empêchait pas Phil de la désapprouver encore. Pas seulement pour ce qu'elle avait fait mais pour ce qu'elle était.

Qu'est-ce qui m'arrive ? demanda-t-elle à James en se jetant dans ses bras. *Je suis devenue un monstre ?*

Il l'étreignit avec vigueur. *Tu es juste différente. Pas monstrueuse. Phil est un abruti.*

Ce qui faillit la faire rire. Cependant, elle discernait une sombre tristesse dans l'amour qu'il lui témoignait ainsi. James ne voulait pas reconnaître qu'il était un prédateur et voilà qu'il en avait fait un de Poppy. Leur projet avait brillamment réussi et elle ne serait plus jamais la Poppy North de naguère.

Pourtant, si elle parvenait à le capter, ce n'était pas avec la totale acuité qui avait suivi leur premier échange de sangs. Sans doute ne connaîtraient-ils plus jamais une telle union.

– On n'avait pas le choix, affirma-t-elle. On a fait ce qu'on a pu. Maintenant, il faut essayer d'en tirer le meilleur.

Tu es courageuse, je te l'ai déjà dit ?

Non, mais tu as le droit de le répéter.

Ils roulèrent en silence jusqu'à l'appartement de James, silence souligné par la présence pesante de Phil à l'arrière. Arrivé chez lui, James proposa de lui prêter sa voiture pour rentrer.

– Je n'ai pas l'intention d'emmener Poppy où que ce soit pour le moment et encore moins de la laisser seule, expliqua-t-il.

Phil contemplait d'un œil soupçonneux l'immeuble de deux étages ; il s'éclaircit la gorge. Elle savait pourquoi : l'appartement de James était considéré comme un endroit mal fréquenté et leurs parents n'auraient jamais autorisé Poppy à y entrer la nuit. Apparemment, il conservait un certain instinct fraternel à l'égard de sa sœur, vampire ou pas.

– Tu… euh… tu ne pourrais pas plutôt l'emmener chez tes parents ?

– Combien de fois va-t-il falloir que je t'explique ? Non, je ne peux pas, car ils ignorent qu'elle est devenue vampire. Pour l'instant, elle est entrée illégalement dans notre communauté ; on doit garder le secret jusqu'à ce que je la fasse admettre, d'une façon ou d'une autre.

– Comment… Enfin bon. Pas ce soir. On en parlera plus tard.

– Non. Ton rôle s'achève là. Maintenant, tu dois reprendre ta vie normale et la boucler.

Phil allait encore dire quelque chose mais il s'en abstint et prit les clefs que lui tendait James.

– Je suis content que tu sois vivante, dit-il à sa sœur.

Elle sentit qu'il avait envie de l'embrasser mais quelque chose les en empêcha, tous les deux. Elle en éprouva une sorte de vide.

– Au revoir, Phil.

Il rentra dans la voiture et démarra.

13

– Il ne comprend pas, souffla Poppy lorsque James ouvrit la porte de son appartement. Il n'a pas saisi que toi aussi tu risquais ta vie.

Elle trouva les lieux plutôt vides, juste fonctionnels. Avec ce plafond haut et ces grandes pièces, on comprenait qu'il s'agissait d'une résidence d'un certain prix mais le manque de meubles lui ôtait tout son charme. À part le canapé carré, le bureau avec son ordinateur et quelques lithos d'apparence orientale aux murs, on ne voyait que des livres et des CD, d'innombrables cartons entassés dans les coins.

– Jamie… souffla-t-elle. Moi, je comprends.

Il sourit. Il était sale, trempé de sueur, las, pourtant son expression disait encore qu'elle en valait la peine.

– Il ne faut pas lui en vouloir, expliqua-t-il avec un geste fataliste. Il a fait ce qu'il pouvait et s'en est très bien tiré. C'est la première fois que je révèle mon secret à un humain mais je crois que la plupart, à sa place, se seraient enfuis en courant. Lui, au moins, il fait de son mieux.

Poppy préféra changer de sujet. James paraissait fatigué, ce qui signifiait qu'ils feraient mieux de se coucher. Elle prit le sac de toile où Phil avait plié ses vêtements puis se dirigea vers la salle de bains.

Avant toute chose, elle s'arrêta un moment devant la glace, fascinée par son reflet. Ainsi, voilà à quoi ressemblait le vampire nommé Poppy.

Elle se trouvait plus jolie. Les quatre taches de rousseur avaient disparu de son nez, son teint clair avait des reflets nacrés, comme dans une pub pour une crème de jour, ses yeux verts brillaient comme deux émeraudes et ses boucles fauves ébouriffées présentaient d'extraordinaires reflets métalliques.

Je n'ai plus l'air d'un lutin mais d'un être farouche et dangereux. Comme un mannequin. Comme une rock star. Comme James.

Elle se pencha pour examiner ses dents, tapa sur les canines pour les faire pousser mais laissa soudain échapper un petit cri et recula d'un bond.

Ses yeux. Elle ne s'était pas rendu compte. Pas étonnant que Phil ait eu peur ! Quand elle montrait les dents, ses prunelles prenaient une incroyable teinte vert argenté. Comme celles d'un félin en chasse.

Une sorte de terreur la submergea et elle dut s'accrocher au lavabo pour ne pas tomber.

Je ne veux pas, je ne veux pas...

Trop tard, il faut t'y faire. Arrête de geindre. Qu'est-ce que tu croyais ? Que tu aurais encore ta tête de Shirley Temple ? Tu es une chasseresse, maintenant. Tes yeux virent à l'argenté et le sang prend un goût de coulis de cerise. Et c'est tout. Sinon repose en paix. Morte.

Peu à peu, elle reprit son souffle et, au cours des minutes qui suivirent, il se produisit quelque chose en elle, son cœur et sa poitrine se détendirent : elle acceptait la situation. Elle ne se sentait plus bizarre, dans un rêve éveillé. Elle parvenait à faire le point.

Et je n'ai pas eu besoin de me précipiter vers James pour ça. Je n'ai pas besoin de son réconfort. Je peux me débrouiller toute seule.

Sans doute était-ce ce qui arrivait lorsqu'on devait affronter les pires situations. Elle avait perdu sa famille, la vie qu'elle connaissait, certainement son enfance, mais elle s'était trouvée. Il faudrait faire avec.

Ôtant sa robe blanche, elle passa un tee-shirt et un pantalon de jogging. Puis rejoignit James, la tête haute.

Il l'attendait dans la chambre, allongé sur un lit aux draps brun clair. Il portait toujours ses vêtements sales et il se cachait les yeux sous un bras. Lorsque Poppy entra, il s'étira.

– Je vais dormir sur le canapé, annonça-t-il.

– Sûrement pas, dit-elle en s'asseyant près de lui. Tu es mort de fatigue. Et je sais que je ne risque rien avec toi.

Il sourit sans bouger le bras.

– Parce que je suis mort de fatigue ?

– Parce que je me suis toujours sentie à l'abri avec toi.

Elle n'avait jamais couru le moindre danger avec lui, même lorsqu'elle était encore humaine et que son sang avait dû le tenter.

Maintenant, il gisait là, les cheveux en bataille, le corps avachi, ses Adidas ouvertes et pleines de boue. Elle aimait bien regarder ses coudes.

– J'ai oublié de préciser quelque chose, reprit-elle. Je me suis rendu compte que j'avais oublié en... en m'endormant, de préciser que je t'aimais.

Cette fois, il s'assit.

– Tu as juste oublié de l'exprimer en paroles.

Ce qui la fit sourire. Dans ses malheurs, il lui était arrivé un immense bonheur : James et elle s'étaient rapprochés. Leur relation avait changé, ou plutôt évolué, car elle n'avait rien perdu en intensité. Ils se comprenaient toujours aussi bien, ils demeuraient de bons camarades mais, pour couronner le tout, ils découvraient qu'ils étaient beaucoup plus que ça.

Et elle se voyait enfin révéler cette partie de lui qui paraissait jusque-là tellement inaccessible. Elle savait ses secrets, le sondait jusqu'au plus profond de son âme. Aucun humain ne pouvait ainsi en connaître un autre, s'installer dans sa tête. Toutes les discussions de la Terre n'avaient pas encore prouvé qu'on voyait la couleur rouge de la même façon que son voisin.

Alors que si, avec James, ils fusionnaient encore telles deux gouttes d'eau, elle serait pour toujours capable d'atteindre son esprit.

Un rien intimidée, elle s'appuya contre lui, posa la tête sur son épaule. Malgré leur relation, ils ne s'étaient jamais embrassés. Pour le moment, il lui suffisait de se tenir près de lui, d'entendre battre son cœur, d'absorber sa chaleur. C'était déjà presque trop de sentir son bras autour de son épaule, trop intense. En même temps, elle s'y trouvait bien, en sécurité.

Cela faisait penser à ces chansons qui vous donnent la chair de poule et l'envie de vous jeter au sol en braillant de bonheur. Ou de tomber en arrière pour vous fondre dans la musique. Ce genre de chanson.

James lui prit la main, la retourna, en baisa la paume.

Je te l'ai dit. On n'aime pas quelqu'un à cause de son apparence ni de ses vêtements ou de sa voiture. On aime quelqu'un parce qu'il chante une chanson que personne d'autre ne peut comprendre.

Poppy sentit son cœur fondre.

Elle répondit à haute voix :

– On a toujours compris la même chanson, tous les deux, même quand on était petits.

– Dans le Night World il existe une idée selon laquelle tout être aurait son âme sœur, qui vous correspond parfaitement et vous est destinée. L'ennui étant qu'à peu près personne ne la trouve à cause des distances. Et voilà pourquoi la plupart des gens se sentent incomplets toute leur vie.

– Je crois que c'est vrai. J'ai toujours su que tu me correspondais parfaitement.

– Pas toujours.

– Si. Depuis que j'ai cinq ans. Pour moi, c'était une évidence.

– Je crois que ç'aurait été la même chose pour moi si on ne m'avait pas dit et répété qu'il était impossible de la découvrir ; c'est d'ailleurs pour ça que je suis sorti avec Michaela et d'autres filles du même genre. Elles ne m'intéressaient pas. Je pouvais les fréquenter sans risquer d'enfreindre nos lois.

– Je sais. Enfin, je veux dire que je me suis toujours doutée que c'était quelque chose comme ça. Mais… James ? Qu'est-ce que je suis devenue, maintenant ?

Si elle devinait qu'il existait plusieurs réponses à cette question, elle ne les imaginait pas toutes. Or elle était en train de faire connaissance avec sa nouvelle vie, d'en apprendre les lois.

Tout en la gardant serrée contre lui, James s'adossa à la tête de lit.

– En fait, expliqua-t-il, c'est vrai qu'on se ressemble. Mis à part le fait qu'ils ne peuvent pas vieillir ni engendrer d'enfants, les vampires d'origine humaine sont comme les lamies. Tiens, tu as déjà remarqué que tu voyais et entendais mieux que les humains. Et que tu étais particulièrement douée pour lire dans l'esprit des autres.

– Pas dans tous les esprits.

– Aucun vampire ne peut lire dans tous les esprits. Souvent, je ne capte qu'une idée générale de ce que pensent les gens. L'unique moyen de parvenir à une véritable connexion, c'est de…

Il ouvrit la bouche et fit claquer ses dents, ce qui arracha un petit rire à Poppy.

– Et combien de fois faut-il que je…

À son tour, elle fit claquer ses dents.

– Que tu te nourrisses ? En moyenne une fois par jour. Sinon, tu auras soif de sang. Tu peux manger des aliments humains si tu veux, mais ce n'est pas ça qui te restaurera. L'important pour nous, c'est le sang.

– Et plus on en consomme, mieux on se porte ?

– On peut dire ça.

– Parle-moi de nos pouvoirs. Est-ce que… enfin, qu'est-ce qu'on peut faire ?

– On possède déjà une plus grande maîtrise de son corps que les humains. On guérit d'à peu près toutes les blessures, à part celles provoquées par le bois. Le bois peut nous faire du mal et même nous tuer. Là, le cinéma avait raison, un pieu de bois dans le cœur, il n'y a rien de mieux pour faire mourir un vampire. Ex æquo avec le feu.

– On peut se transformer en animaux ?

– Je n'ai jamais rencontré de vampire assez puissant pour ça mais, en théorie, c'est possible ; les métamorphes et les loups-garous le font sans arrêt.

– On peut se changer en brume ?

– Je n'ai jamais rencontré de métamorphe capable de le faire.

– À ce que je vois, en tout cas, on n'est pas obligés de dormir dans nos cercueils.

– Non, pas plus qu'on n'a besoin de notre sol natal. En ce qui me concerne, je préfère un bon matelas à ressorts, mais si tu as envie de terre…

Elle lui envoya un coup de coude.

– Et on peut franchir les eaux vives ?

– Évidemment. Et on peut entrer chez les gens sans y être invités et se rouler dans l'ail si on ne craint pas de faire fuir tout le monde autour de soi. Autre chose ?

– Oui. Décris-moi le Night World.

Après tout, c'était désormais son monde.

– Je t'ai parlé des clubs ? On en a dans toutes les grandes villes. Et aussi dans pas mal de petites.

– Quel genre de clubs ?

– Certains ne sont que des tripots, d'autres ressemblent à des cafés, d'autres à des boîtes de nuit, d'autres enfin à des palais… mais là, ils sont réservés aux adultes. J'en connais un pour les enfants qui n'est qu'un vieux hangar reconverti, équipé de rampes de skate. Et puis, il y a ces rencontres de poètes toutes les semaines à l'Iris Noir.

L'Iris Noir. Cela lui disait quelque chose, elle ne savait plus trop quoi, un mauvais souvenir…

– Quel drôle de nom ! observa-t-elle.

– Tous les clubs portent un nom de fleur. Les fleurs noires symbolisent les créatures du Night World.

Il tourna le poignet pour lui présenter sa montre, analogique, avec un iris noir au centre.

– Tu vois ?

– Oui. J'avais déjà remarqué sans trop y faire attention. J'avais dû croire que c'était Mickey Mouse.

Il lui tapota sur le nez.

– On ne rigole pas, gamine. C'est ce genre de détail qui sert à t'identifier parmi les autres créatures, même si elles sont aussi bêtes qu'un loup-garou.

– Tu n'aimes pas les loups-garous ?

– Ils sont géniaux pour ceux qui aiment les QI au-dessous de cent.

– Pourtant, vous les laissez entrer dans les clubs.

– Dans certains. Les créatures du Night World ne se marient que dans leur monde mais sinon, elle se mélangent : lamies, vampires, nouveaux vampires, loups-garous et les deux espèces de sorcières…

Poppy, qui s'amusait à entrecroiser les doigts de leurs mains, leva sur lui un regard intrigué.

– Quelles deux espèces de sorcières ?

– Ah… Il y a celles qui connaissent leur héritage et celles qui l'ignorent. Cette seconde espèce correspond à ce que les humains appellent des médiums. Parfois, elles ne possèdent que des pouvoirs latents et certaines ne sont même pas assez télépathes pour trouver le Night World et n'y entrent donc pas.

– D'accord. Je vois. Mais qu'est-ce qui se passe si un humain entre dans un de ces clubs ?

– Personne ne le laissera passer. D'abord ces clubs sont en général assez discrets, ensuite ils sont toujours gardés.

– Pourtant, en supposant qu'il y arrive…

Haussant les épaules, James articula d'un ton monocorde :

– Il se ferait tuer. À moins que quelqu'un ne s'en empare d'abord pour en faire son jouet ou son otage. Il subira un lavage de cerveau et deviendra une espèce de somnambule. J'ai eu une nurse…

Il s'interrompit là mais Poppy avait perçu sa détresse.

– Tu me raconteras ça plus tard.

Elle n'avait pas envie de le voir souffrir.

Et puis il avait l'air à moitié endormi lui-même. Alors elle se blottit contre lui.

Étonnant, si on considérait sa dernière expérience, qu'elle puisse encore seulement s'assoupir. Pourtant ce fut ce qui se produisit. Elle se trouvait en compagnie de son âme sœur, que pourrait-il lui arriver ?

Phil avait du mal à fermer les yeux.

Chaque fois qu'il essayait, il voyait Poppy. Poppy endormie dans son cercueil. Poppy qui le regardait avec ses yeux de félin affamé. Poppy qui relevait la tête du cou de cet homme, la bouche barbouillée comme si elle venait de se gaver de confiture de cerises.

Elle n'était plus humaine.

Il avait beau le savoir depuis le début, ça ne rendait pas les choses plus faciles à accepter.

Il ne pouvait cautionner ces impulsions qui la conduisaient à sauter sur les gens, à leur ouvrir la gorge pour dîner. Pas plus qu'il ne supportait l'idée de cette séduction qui permettait aux vampires de mordre des victimes fascinées puis de les hypnotiser pour leur faire tout oublier. C'était inadmissible.

Sans doute James avait-il raison, les humains refusaient d'avaliser les pratiques d'une espèce plus haut placée dans la chaîne alimentaire. Ils avaient perdu le contact avec leurs ancêtres qui vivaient dans des grottes et savaient ce que c'était qu'être chassés. Ils s'imaginaient avoir laissé loin derrière eux ces aspects primitifs de leur race.

Phillip aurait deux ou trois mots à leur dire.

En vérité, il n'acceptait pas cet état des choses mais Poppy ne pouvait changer. Ce qui le lui rendait supportable, c'était qu'il l'aimait quand même.

En s'éveillant dans la chambre aux rideaux tirés, Poppy s'aperçut qu'elle était seule dans le lit. Elle ne s'en inquiéta pas mais, instinctivement, elle chercha James mentalement et… le trouva dans la kitchenette.

Elle se sentait… en pleine forme. Comme un chiot tirant sur sa laisse en plein champ. Mais, dès qu'elle entra dans le living, elle s'aperçut que ses pouvoirs avaient diminué, que ses yeux lui faisaient mal. Plissant les paupières, elle se tourna vers la lumière éblouissante de la fenêtre.

– C'est le soleil, dit James. N'oublie pas qu'il inhibe tous les pouvoirs des vampires.

Là-dessus, il alla fermer les rideaux. Le soleil de ce milieu d'après-midi disparut.

– Ça devrait t'aider un peu, de toute façon, il faut que tu restes ici aujourd'hui, au moins jusqu'à la tombée de la nuit. Les nouveaux vampires sont plus sensibles.

Poppy comprit le double sens de ses paroles.

– Tu sors ?

Il fit la grimace.

– Obligé. J'avais oublié quelque chose : mon cousin Ash devrait venir cette semaine. Il faut que je demande à mes parents de le loger ailleurs.

– Je ne savais pas que tu avais un cousin.

– En fait, j'en ai beaucoup. Ils vivent sur la côte est, dans une ville contrôlée par le Night World. La plupart sont sympas, mais pas Ash.

– Qu'est-ce qu'il a qui ne va pas ?

– Il est fou. Insensible, impitoyable...

– On dirait Phil en train de te décrire.

– Non, pour Ash c'est la vérité. Il représente une caricature de vampire. Il ne s'intéresse qu'à sa petite personne et il adore semer le bazar autour de lui.

Poppy était prête à aimer tous les cousins de James pour lui faire plaisir mais elle devait reconnaître que ce portrait ne lui inspirait pas une grande sympathie envers Ash.

– En ce qui te concerne, continua-t-il, je ne fais confiance à personne pour le moment, et surtout pas à lui. Je vais dire à mes parents qu'il ne doit pas venir ici. Point.

Et ensuite, qu'est-ce qu'on fera ? songea-t-elle. Elle n'allait pas rester éternellement enfermée ici. Elle appartenait au Night World, pourtant le Night World risquait de ne pas l'accepter.

Il devait bien exister une solution. Pourvu qu'avec James, ils finissent par la trouver.

– Ne reste pas éloigné trop longtemps.

Il l'embrassa sur le front, ce qui lui fut plutôt agréable. Le début d'une habitude, semblait-il.

Après son départ, elle prit une douche et enfila des vêtements propres. Ce cher vieux Phil ! il n'avait pas oublié ses jeans préférés. Ensuite, elle inspecta l'appartement, car elle n'avait aucune envie de s'asseoir pour se retrouver confrontée à ses seules pensées. Surtout pas le lendemain de son enterrement.

À côté du canapé, le téléphone semblait la provoquer. Comment résister au désir de le décrocher ?

Mais qui appeler ? Personne. Même pas Phil, parce que si quelqu'un venait à les entendre... Et si c'était sa mère qui décrochait ?

Non, non, ne pense pas à maman, idiote.

Trop tard. Elle était soudain submergée par le besoin désespéré d'entendre la voix de sa mère. Ne serait-ce qu'un « allô ». Elle ne pourrait évidemment pas dire un mot. Il lui fallait juste rétablir le contact.

Elle composa le numéro de la maison, compta les sonneries. Une, deux, trois...

– Allô ?

La voix de sa mère. C'était déjà fini. Ce n'était pas assez. Le souffle coupé, les yeux baignés de larmes, Poppy restait assise sur le canapé à écouter les bruits familiers au bout du fil. Comme un prisonnier dans un tribunal en train d'attendre le verdict.

– Allô ? Allô ?

La voix de sa mère semblait atone, pas âpre ni agressive. Qu'était un coup de fil bidon quand on venait de perdre son enfant ?

Un déclic signala qu'elle avait raccroché.

Le combiné serré sur son cœur, Poppy se mit à pleurer en se balançant d'arrière en avant. Elle finit par le reposer sur son support.

Ne pas recommencer. C'était pire que tout. Et ça ne servait à rien. Dire que sa maman était à la maison, que tout le monde était à la maison et que Poppy n'y était pas… ça faisait *Quatrième dimension*. La vie continuait, sauf qu'elle n'en faisait plus partie. Elle ne pouvait retourner là-bas, pas plus qu'elle ne pouvait entrer dans une maison inconnue.

Tu tiens vraiment tant que ça à te punir ? Si t'arrêtais un peu de penser à tout ça et passais à quelque chose de plus amusant ?

Elle inspectait le bureau de James lorsque la porte d'entrée s'ouvrit.

En entendant la clef tourner dans la serrure, elle était partie du principe qu'il ne pouvait s'agir que de James. Cependant, elle capta un tout autre esprit que le sien.

Elle se retourna et aperçut une tête blond cendré.

Il était très beau, d'à peu près la carrure de James quoique un peu plus grand et sans doute plus âgé d'un ou deux ans. Les cheveux plus longs. Les traits réguliers, le regard malicieux.

Mais ce n'était pas pour ça qu'elle le dévisageait.

Il lui décocha un large sourire.

– Hello ! Moi, c'est Ash.

– Vous étiez dans mon rêve, balbutia-t-elle. Vous avez dit « La magie noire existe aussi ».

– Vous êtes médium ?

– Pardon ?

– Vos rêves se réalisent ?

– En général non. Mais comment êtes-vous entré ?

Il fit balancer la clef autour de son doigt :

– C'est tante Maddy qui m'a donné ça. Je suppose que James vous a dit de ne pas me laisser entrer.

Elle se rappela que, dans certains cas, la meilleure défense c'était l'attaque.

– Pourquoi dites-vous ça ? lança-t-elle en croisant les bras.

De nouveau, ce regard rieur, ces prunelles noisette, presque dorées dans la lumière de l'après-midi.

– Je suis un méchant garçon.

Elle s'efforça d'arborer une expression de vertueuse désapprobation, comme James y parvenait si bien, mais sentit qu'en l'occurrence elle jouait mal la comédie.

– James sait que vous êtes là ? Où est-il ?

– Aucune idée. Tante Maddy m'a donné ses clefs au déjeuner et puis elle est partie décorer un ou deux appartements. Alors, ce rêve ? Racontez-moi tout.

Elle réfléchit très vite. James devait être encore en train de chercher sa mère. Une fois qu'il l'aurait trouvée, il découvrirait qu'Ash était là et reviendrait très vite. Ce qui voulait dire... qu'elle n'avait qu'à occuper celui-ci le temps que son cousin arrive.

Mais comment ? Elle n'avait pas pour habitude de se montrer aguichante et adorable aux yeux des garçons. Et puis elle avait peur de parler trop. Elle risquait de se trahir.

Bon, pas le choix, il fallait se jeter à l'eau.

– Vous connaissez de bonnes plaisanteries de loups-garous ?

Il s'esclaffa, d'un rire sympathique. Et il n'avait pas les yeux noisette, plutôt argentés.

– Vous ne m'avez pas encore dit votre nom, petite rêveuse.

– Poppy.

Elle regretta aussitôt d'avoir répondu sans réfléchir. Et si Mme Rasmussen avait mentionné son nom comme une des petites amies de son fils, une certaine Poppy qui viendrait de mourir ? Pour cacher son malaise elle alla fermer la porte.

– Joli nom lamie, commenta-t-il. Je n'aimais pas cette mode de prendre des noms humains. J'ai trois sœurs qui portent toutes un prénom bien démodé : Rowan[1], Kestrel[2] et Jade. Mon père aurait une attaque si l'une d'elles décidait soudain de s'appeler « Susan ».

– Ou Maddy ? demanda Poppy intriguée malgré elle.

– Ah oui ? En fait, elle s'appelait Madder[3]. Vous ne croyez pas que je vais m'en prendre à James ?

À son ton, elle avait au contraire tout à fait l'impression qu'il s'en prenait à James.

– Ce n'est pas pareil pour vous, en Californie, continua-t-il. Vous êtes obligés de vous mêler aux humains, il faut faire attention. Alors si ça facilite les choses de vous donner les prénoms de ces vermines...

– C'est vrai que ce sont des vermines, répondit-elle prise de court.

Il se fiche de moi ou non ?

Elle avait la désagréable impression qu'il savait tout. Son inquiétude lui donnait envie de bouger. Elle s'approcha du lecteur de CD.

– Comme ça, vous aimez la musique des vermines ? s'exclama-t-elle. La techno ? L'acid jazz ? Le trip hop ? La jungle ?

---

1. Sorbier.
2. Crécerelle.
3. Garance.

Cette fois, il était sur la défensive. Poppy voguait dans son élément, il ne pourrait l'arrêter en si bon chemin.

– Moi, je dis que le freestyle revient, continua-t-elle avec un enthousiasme forcé. Complètement underground, pour le moment. D'un autre côté, l'eurodance...

Assis sur le canapé, ses longues jambes étirées devant lui, Ash la contemplait de ses yeux d'un bleu profond.

– Chérie, finit-il par marmonner, désolé de te couper, mais il va falloir qu'on discute, tous les deux. Avant le retour de James.

Elle était trop fine pour lui demander de quoi.

Impossible de se défiler maintenant. La bouche sèche, elle le vit se pencher en avant, la fixant de ses iris bleu-vert comme une mer tropicale. C'était vrai qu'ils changeaient de couleur.

– Ce n'est pas ta faute, commença-t-il.

– Pardon ?

Ce n'est pas ta faute. Tu n'arrives pas à protéger ton esprit. Mais tu apprendras.

Elle s'aperçut soudain qu'il ne disait pas cela à haute voix.

Elle aurait dû y penser, s'efforcer de dissimuler ses pensées. Maintenant cela semblait un peu tard.

– Ne te tracasse pas. Je sais que tu n'as rien d'une lamie. Tu es métamorphosée, donc illégale. James a été un vilain garçon, sur ce coup.

Inutile de nier l'évidence. Poppy haussa le menton.

– Et alors, qu'est-ce que vous allez faire, maintenant ?

– Ça dépend.

– De quoi ?

Il sourit.

– De toi.

14

– Vois-tu, j'aime bien James, dit Ash. Je le trouve un peu tendre avec la vermine mais je ne voudrais pas qu'il ait des ennuis. Et encore moins le voir mort.

Poppy se sentait aussi mal à l'aise que la veille, lorsque son corps manquait d'air. Pétrifiée, elle n'arrivait plus à respirer.

– Et toi ? insista-t-il. Tu veux le voir mort ?

Comme si c'était la question la plus rationnelle du monde.

Elle fit non de la tête.

– Bon, dit Ash.

Elle parvint enfin à souffler :

– Vous vous rendez compte de ce que vous dites ?

Et sans attendre la réponse, elle ajouta :

– D'après vous, ils vont le tuer s'ils apprennent la vérité sur mon compte. Mais ils ne peuvent rien soupçonner. Sauf si vous me dénoncez.

Ash considéra ses mains d'un air pensif et fit la grimace, comme s'il trouvait les choses aussi difficiles pour lui que pour elle.

– Considérons les faits. Tu es bien une ancienne humaine.

– Ouais, c'est ça. Une vermine.

– Allons, il ne faut pas tout prendre au pied de la lettre ! Ce qui importe, c'est ce que tu es devenue. Mais James t'a bel et bien métamorphosée sans prévenir personne. En outre, il t'avait révélé l'existence du Night World, non ?

– Qu'en savez-vous ? Il a pu me métamorphoser sans rien me dire.

Il la menaça de l'index.

– Ah non ! James ne ferait jamais ça. Il est adepte de ces idées permissives sur le libre arbitre des humains.

– Pas la peine de me poser la question si vous savez déjà tout. Où est-ce que vous voulez en venir ?

– Au fait qu'il a commis au moins deux infractions majeures, si ce n'est trois. Parce qu'il devait être amoureux de toi pour avoir fait tout ça.

Elle sentait un poids gonfler dans la poitrine.

– Je ne vois pas comment on peut faire des lois contre l'amour ! C'est dingue.

– Tu ne vois pas pourquoi ? Tu en es pourtant l'exemple parfait. C'est l'amour qui a poussé James à te confier notre secret, à te métamorphoser. S'il avait eu le courage de refouler ses sentiments dès le début, toute l'affaire aurait été étouffée dans l'œuf.

– Et quand on n'arrive pas à les refouler ? On ne peut pas forcer les gens à cesser d'avoir des sentiments !

– Certes.

Saisie, Poppy leva sur lui un regard interrogateur. Il sourit de nouveau.

– Je vais te confier un secret. Les Anciens savent qu'ils ne peuvent canaliser les sentiments de la population. En revanche, ils peuvent la terroriser de façon à l'empêcher de les exprimer ou, encore mieux, de seulement s'avouer qu'on les éprouve.

Elle retomba en arrière, anéantie. Ce type lui donnait le tournis, comme si elle était trop jeune et trop bête pour comprendre quoi que ce soit.

Elle eut un geste d'impuissance.

– Et qu'est-ce que je dois faire maintenant ? Je ne peux pas changer le passé...

– Non, mais tu peux réagir au présent.

D'un mouvement souple et gracieux, il sauta sur ses jambes et se mit à faire les cent pas.

– Tiens, il va falloir y réfléchir. Je suppose que tout le monde te croit morte.

– Oui, mais...

– Alors la réponse est toute trouvée. Tu quittes la région et tu ne remets jamais les pieds ici. Trouve-toi un endroit où personne ne te reconnaîtra, où les gens se ficheront de ta présence, légale ou illégale. Chez les sorcières, tiens, voilà ! J'ai des cousines à Las Vegas qui t'arrangeront ça. L'important c'est que tu partes tout de suite.

Elle n'avait pas seulement la tête qui tournait, elle titubait, étourdie comme si elle sortait d'un tour de montagnes russes.

– Pardon ? souffla-t-elle faiblement. Je ne vois même pas de quoi vous voulez parler.

– Je t'expliquerai en chemin. Allez, viens vite ! Tu as des vêtements, des bagages à emporter avec toi ?

Prise d'une révolte soudaine, elle tenta de lui tenir tête en essayant de s'éclaircir les idées.

– Écoutez, je ne comprends pas de quoi vous parlez mais je n'irai nulle part pour le moment. Il faut que j'attende James.

– Enfin, tu ne piges pas ?

Il s'arrêta enfin de marcher pour lui faire face, l'hypnotisant de son regard vert métallisé.

– C'est justement ce qu'il ne faut pas faire. James ne doit même pas savoir où tu vas.

– Pardon ?

– Tu ne piges pas ? répéta-t-il. C'est pourtant simple, c'est toi seule qui le mets en danger. Tant que tu resteras ici, n'importe qui pourra te voir et comprendre ce qui se passe. Tu es la preuve vivante de sa trahison.

– Peut-être, mais à ce moment-là, il n'a qu'à fuir avec moi. Je crois que c'est ce qu'il voudrait.

– Mais ça ne marcherait pas ! Vous pourriez aller où vous voudrez, tant que vous serez ensemble tu représenteras un danger pour lui. D'un seul regard, n'importe quel vampire digne de ce nom devinera ce qu'il en est.

Poppy sentit ses genoux flancher.

– Je ne dis pas que tu seras plus en sécurité si tu t'en vas. Tu portes le danger en toi mais, au moins, tu peux l'éloigner de lui. C'est le seul moyen de l'aider. Tu comprends ?

– Oui, oui. C'est clair.

Le sol se dérobait sous ses pieds. Elle tombait, non dans la musique mais dans un vide sombre et glacial, et n'avait rien à quoi se raccrocher.

– Cela dit, c'est beaucoup te demander, je sais. Tu n'es peut-être pas capable d'un tel sacrifice.

Elle releva la tête. Bien sûr, elle se sentait aveugle, vidée, la tête comme une citrouille, cependant elle parvint à énoncer d'un ton méprisant :

– Après qu'il a tout sacrifié pour moi ? Vous me prenez pour qui ?

– Brave petite rêveuse ! J'ai du mal à croire que tu aies pu être humaine. Alors, tu es prête à faire tes bagages ?

– Je n'en ai pas beaucoup.

D'un pas lourd, elle se dirigea vers la chambre, comme si elle marchait sur du verre brisé.

– En fait, je ne possède rien du tout. Mais il faudrait que j'écrive un mot à James.

– Non, surtout pas ! C'est un esprit tellement noble, amoureux et tout, qu'il serait capable de te courir après si tu lui disais où tu allais.

– Je... d'accord.

Elle plia en hâte ses quelques vêtements.

À quoi bon discuter avec ce type ? Cependant, elle n'allait pas non plus suivre ses conseils. D'un seul coup, elle ferma la porte de la chambre et fit son possible pour isoler son esprit, traçant autour un mur de pierres.

Après avoir fourré ses pantalons, ses tee-shirts et sa robe blanche dans son sac, elle dénicha un feutre dans le tiroir et un livre sous la table de nuit. Elle arracha une des pages de garde et y griffonna en hâte :

Cher James,

Je suis désolée mais si je restais pour t'expliquer ce qui se passe, je sais que tu ferais tout pour m'empêcher de partir. Ash m'a permis de comprendre la vérité, à savoir que tant que je resterais dans les parages, tu serais en danger de mort. Et ça, il n'en est pas question. S'il t'arrivait quoi que ce soit à cause de moi, j'en mourrais, je t'assure.

Alors je m'en vais. Ash m'emmène quelque part, dans un endroit lointain que tu ne trouveras jamais, où tout le monde se fichera de mon existence. J'y serai en sécurité. Et même si nous ne sommes plus ensemble, nous ne serons jamais complètement séparés.

Je t'aime. Je t'aimerai toujours. Mais il faut que je m'en aille.

S'il te plaît, dis au revoir à Phil de ma part.

Ton âme sœur, Poppy.

Les larmes se mêlèrent à l'encre de sa signature.

Elle déposa la feuille sur l'oreiller et rejoignit Ash.

– Allons, allons ! dit-il. Ne pleure pas. Tu fais ce qu'il faut faire.

Il lui passa un bras sur l'épaule mais elle se sentait trop mal pour le repousser.

– Dites-moi, interrogea-t-elle quand même. Ce n'est pas vous que je risque de mettre en danger si on part ensemble ? Il y a bien quelqu'un qui pourrait croire que c'est vous qui avez fait de moi un nouveau vampire.

Il la considéra de ses prunelles mauves.

– Je prends le risque. J'ai beaucoup de respect pour toi.

James escalada les marches deux à deux tout en envoyant des pensées en éclaireurs pour vérifier ce que ses sens lui avaient déjà dit.

Elle ne pouvait qu'être là. Il le fallait...

Tout en introduisant la clef dans la serrure, il frappait à la porte et lui criait mentalement :

Poppy ! Poppy, réponds-moi ! Poppy !

Alors qu'il entrait, toutes ses pensées ricochèrent sur le vide de l'appartement. Il ne voulait toujours pas y croire. Il courut dans chaque pièce, le cœur battant de plus en plus fort. Son sac avait disparu, ses vêtements aussi. Elle avait disparu.

Il se planta devant la fenêtre du living, d'où il voyait la rue. Mais pas trace de Poppy.

Pas trace d'Ash non plus.

Il ne pouvait s'en prendre qu'à lui-même. Il avait passé l'après-midi à chercher sa mère, pour finir par découvrir qu'elle avait déjeuné avec son cousin et que celui-ci était venu dans l'appartement quelques heures auparavant. Armé d'une clef.

Pour se retrouver en tête à tête avec Poppy.

Il avait immédiatement téléphoné mais pas de

réponse. Alors il était rentré en brûlant tous les feux, sur les chapeaux de roue. Mais c'était beaucoup trop tard.

Ash, espèce de serpent. Si tu lui fais du mal, si tu la touches...

Il se remit à inspecter l'appartement, à la recherche d'indices. C'est alors qu'il aperçut, dans la chambre, une tache claire sur l'oreiller brun.

Un message. Il le saisit, le lut et son sang se glaça davantage à mesure qu'il en déchiffrait les lignes. Parvenu à la fin, il se sentait prêt à tuer.

Quelques petites taches au bas de la page prouvaient qu'elle avait pleuré. Il briserait un à un tous les os de son cousin.

Il plia soigneusement le message, le glissa dans sa poche et sortit son téléphone portable tout en descendant l'escalier de l'immeuble.

– Maman, c'est moi, annonça-t-il quand il entendit le bip du répondeur. Je vais m'absenter quelques jours. Il est arrivé quelque chose. Si tu vois Ash, laisse-moi un message. Je voudrais lui parler.

Il ne dit pas merci. Il savait que sa voix allait paraître dure et hachée. Et s'en fichait. Au contraire, il espérait bien lui faire peur.

S'il le pouvait, il provoquerait bien ses parents, ainsi que tous les Anciens du Night World. Un pieu pour chacun.

Il n'était plus un enfant. La semaine précédente, il avait traversé l'ultime épreuve, affrontant la mort pour trouver l'amour. Il était devenu adulte. Un adulte habité d'une froide fureur, prêt à tout détruire sur son chemin. Tout pour sauver Poppy.

Il passa d'autres appels tout en conduisant son Integra à travers les rues d'El Camino : à l'Iris Noir pour s'assurer qu'Ash ne s'y était pas présenté, ainsi qu'auprès de plusieurs autres clubs, même s'il était certain de n'y obtenir aucune réponse. Poppy n'avait-elle pas dit qu'Ash allait l'emmener très loin ?

Mais où ?

Phil regardait la télévision sans la voir. Comment pourrait-il s'intéresser à un talk-show alors qu'il ne pensait qu'à sa sœur ? Sa sœur qui suivait peut-être la même émission, à moins qu'elle ne soit en train de mordre une victime ?

Il entendit la voiture freiner devant la maison et fut dehors avant d'y avoir seulement réfléchi. Comment pouvait-il être aussi certain d'en connaître le conducteur ? À moins qu'il n'ait instinctivement repéré le moteur de l'Integra...

Il trouva James devant le perron.

– Qu'est-ce qu'il y a ?

– Viens.

Déjà, son ami retournait vers la voiture, avec une détermination, une fureur qu'il ne lui avait jamais vues.

– Qu'est-ce qui se passe ?

James s'installait au volant.

– Poppy a disparu !

Phil jeta un regard autour de lui. Il n'y avait personne dans cette rue mais la porte de la maison restait ouverte. Et cet abruti qui criait comme s'il se fichait de qui pouvait l'entendre.

Tout d'un coup, il saisit.

– Quoi, tu veux dire qu'elle...

Il ferma en hâte derrière lui puis se rua vers l'Integra où James se penchait pour lui ouvrir la portière passager.

– Comment ça, disparu ?

Déjà, ils démarraient en trombe.

– Mon cousin Ash l'a emmenée je ne sais où.

– Qui est Ash ?

– Il est mort.

Phil comprit qu'il ne parlait pas d'un mort vivant mais que le cousin en question allait le payer de sa vie.

– Bon, et où est-ce qu'il l'a emmenée ?

– Je n'en sais rien.

– Ah, je vois...

Il ne voyait rien du tout mais préférait ne pas insister tant son ami semblait écumer de rage. À quoi pouvait servir de vouloir rouler sur des kilomètres sans savoir où aller ?

Étonnamment, Phil se sentait calme en comparaison. Mais c'était l'effet que produisait sur lui la colère des autres.

– C'est bon, finit-il par décider. Chaque chose en son temps. Commence par ralentir, tu veux ? Si ça se trouve, on a pris la direction complètement opposée.

L'argument porta puisque James leva aussitôt le pied.

– Bon, maintenant, parle-moi de ce Ash. Pourquoi aurait-il emmené Poppy ? Il l'a kidnappée ?

– Non, il a réussi à la convaincre que je courais un risque en la gardant près de moi. C'était l'argument de choc pour la décider à me quitter.

Une main sur le volant, James fouilla de l'autre dans sa poche pour en sortir la lettre que Phil parcourut d'une traite, sans respirer. D'abord, il fut gêné de lire quelque chose d'aussi intime, signé *ton âme sœur, Poppy*.

– Elle t'aime beaucoup, observa-t-il. Et je suis content qu'elle m'ait dit au revoir.

Il replia le feuillet et le glissa sous le frein à main où James le reprit pour le remettre dans sa poche.

– Ash lui a fait ce chantage pour l'entraîner avec lui. Je ne connais personne d'aussi habile que lui pour appuyer là où ça fait mal.

– Mais dans quel but ?

– D'abord parce qu'il aime les filles. C'est un vrai Don Juan. Ensuite parce qu'il aime interférer dans la vie des autres, jouer au chat et à la souris. Il va s'amuser un peu avec elle et puis, quand il en aura marre, il la dénoncera.

Phil se figea.

– À qui ?

– Aux Anciens. À quelqu'un qui se rendra compte que ce n'est qu'une vampire clandestine.

– Et alors ?

– Alors ils la tueront.

Phil agrippa le tableau de bord.

– Attends ! Tu me dis qu'un de tes cousins va livrer Poppy pour qu'elle se fasse exécuter ?

– C'est la loi. Tout bon vampire doit s'y soumettre. Ma propre mère le ferait sans arrière-pensée.

– Et lui, c'est aussi un vampire ? lança étourdiment Phil.

– Tous mes cousins sont des vampires, ricana James.

D'un seul coup, il freina et opéra un demi-tour en plein milieu de la rue, mordant sur une pelouse pour ne pas avoir à manœuvrer.

– Qu'est-ce qui te prend ? glapit Phil encore accroché au tableau de bord.

James paraissait soudain presque rêveur.

– J'ai compris où ils sont allés ! Où il l'a conduite. Dans un coin tranquille où personne ne fera attention à elle parce que ce ne sont pas des vampires.

– Alors il l'emmène chez des humains ?

– Non, Ash déteste les humains. Il préférera l'emmener dans un coin reculé du Night World, là où son prestige en ferait presque un roi. Et la ville la plus proche contrôlée par le Night World c'est Las Vegas.

Phil en resta bouche bée. *Las Vegas ?* Contrôlée par le Night World ? Sur le coup, il faillit éclater de rire. Évidemment, ça semblait presque logique, au fond !

– Moi qui croyais qu'elle dépendait de la Mafia...

– C'est vrai, reconnut gravement James en s'engageant sur une autoroute. Sauf que ce n'est pas la même mafia.

– Mais attends : c'est grand, Las Vegas !

– Pas tant que ça ; et puis ce n'est pas ce qui compte, parce que mes cousines, elles, ne sont pas toutes des vampires, certaines sont des sorcières.

Phil plissa le front.

– Ah oui ? Et comment fais-tu ça ?

– Je n'y suis pour rien. Ce sont mes arrière-arrière-grands-parents qui s'en sont chargés il y a quatre cents ans. Ils ont officiellement échangé leurs sangs avec une famille de sorcières. Si tu veux, les sorcières ne sont pas des cousines consanguines mais on pourrait dire des cousines par alliance. Ou adoptives, si tu préfères. Jamais elles ne s'aviseront que Poppy puisse être un nouveau vampire. C'est donc bien chez elles qu'Ash va se rendre.

– Elles sont de la famille, expliquait Ash à Poppy.

Il conduisait sa Mercedes dorée, celle que sa tante Maddy aimait tant, selon lui.

– Elles ne se méfieront pas de toi. Et puis les sorcières ne repèrent pas aussi bien les marques des nouveaux vampires.

Poppy fixait l'horizon, la route encore éclairée par les rayons du soleil qui se couchait derrière eux. Le paysage lui semblait étrangement désert, non pas brun mais gris-vert, avec des taches vert-de-gris. Les arbres de Josué lui paraissaient d'une étrange beauté avec leurs branches comme des tentacules.

Toutes les plantes présentaient des pointes et des pics.

Triste terre d'exil. Poppy avait l'impression de renoncer non seulement à son ancienne vie mais à tout ce qu'elle avait toujours connu sur terre.

– Je m'occuperai de toi, assura Ash d'une voix caressante.

Elle ne cilla pas.

Phillip ne vit tout d'abord du Nevada qu'une rangée de lumières au milieu de l'obscurité. À mesure qu'ils s'approchaient de la frontière, ces lumières se révélèrent n'être que des panneaux de publicité clignotants.

Une fois franchie la ligne, ils s'enfoncèrent dans un désert obscur et informe.

– Accélère, dit-il à James. Allez, une voiture comme ça, ça fait du deux cents.

– Et voici Las Vegas ! lança Ash d'un ton solennel.

Poppy ne vit d'abord qu'une masse de lumière éclairant les nuages, comme pour un lever de lune. Puis, à mesure qu'ils s'enfonçaient au pied des collines, elle comprit que la lune n'avait rien à voir là-dedans, que cette ville avait juste l'air d'un phare gigantesque planté au cœur d'une aride vallée.

Elle ne put s'empêcher de dresser la tête. Elle avait toujours eu envie de découvrir le monde, de se rendre dans des pays lointains, exotiques. Ceci ferait parfaitement l'affaire... du moins si James était là.

Plus on s'en approchait, moins, cependant, la ville ressemblait aux gemmes scintillantes dont elle donnait d'abord l'impression. Ash quitta l'autoroute et Poppy se retrouva au cœur d'un monde de couleurs criardes et de lumières de bazar à bon marché.

– Le Strip, annonça Ash. C'est sur cette avenue que se trouvent tous les casinos. Un endroit unique au monde.

– Je veux bien le croire.

Ils doublèrent un gigantesque hôtel en forme de pyramide blanche, veillé par un sphinx aux yeux de laser, et qui faisait face à un sinistre motel annonçant les chambres les moins chères de la ville.

– C'est donc ça, le Night World, maugréa-t-elle.

Pour un peu, elle aurait trouvé l'aventure amusante. Ce cynisme lui donna l'impression d'être devenue adulte.

– Non, ça, c'est pour les touristes. Cependant on y fait d'excellentes affaires et on peut bien s'y amuser. Je vais te montrer le vrai Night World mais, d'abord, je veux te présenter à mes cousines.

Elle faillit lui dire qu'elle ne tenait pas beaucoup à ce qu'il lui montre le Night World. Les manières d'Ash commençaient à sérieusement l'inquiéter. Il se conduisait davantage comme un séducteur que comme un ami compatissant qui l'accompagnait en exil.

Seulement je ne connais personne d'autre ici, s'avisa-t-elle le cœur serré. *Et puis je n'ai pas un sou, même pas de quoi me payer une nuit dans ce motel pourri.*

Pis encore, elle avait faim depuis un bon moment déjà et commençait à sentir sa respiration ralentir. Au moins n'éprouvait-elle pas les vertiges de la veille. Elle n'allait tout de même pas attaquer quelqu'un dans la rue, cette fois...

– Nous y voilà, dit Ash.

Ils venaient d'entrer dans une rue plutôt large, sombre et déserte, contrairement au Strip. Il se gara devant une maison.

– Attends-moi là, que j'aille vérifier s'il y a du monde.

Les trottoirs étaient bordés de hautes bâtisses de parpaing et, au-dessus d'eux, s'entrecroisaient d'innombrables lignes électriques. Ash frappa à une porte sans poignée, sans panneau ni fenêtre, juste un graffiti représentant un dahlia noir.

Les yeux fixés sur une benne à ordures, Poppy tâcha de reprendre son souffle. *Respirer. Inspirer. Profondément. Là, voici l'air qui revient. Il ne sent pas très bon mais c'est de l'air quand même.*

La porte se rouvrit sur Ash qui lui faisait signe de venir.

– Voici Poppy, dit-il en lui plaçant un bras sur l'épaule.

On se serait cru dans une boutique de tisanes, de bougies et de vases, ainsi que d'autres choses bizarres qu'elle ne sut identifier. Sans doute l'attirail des sorcières.

– Et voici mes cousines, Blaise et Thea.

Blaise était une fille étonnante, tout en rondeurs, à l'impressionnante masse de cheveux noirs, au contraire de Thea, mince et blonde. Elles lui paraissaient soudain si lointaines...

– Salut ! lança l'une.

Thea considérait Poppy d'un regard brun et compatissant.

– Ash, ça ne va pas ? Elle est malade. Qu'est-ce que tu lui as fait ?

– Moi ? Rien, s'écria-t-il feignant la surprise. Elle doit avoir faim. Il va falloir sortir se nourrir...

– Sûrement pas ! D'ailleurs vous ne trouverez rien d'intéressant par ici. Viens, Poppy, je te servirai de donneur pour cette fois.

Elle l'entraîna pas le bras et la conduisit derrière un rideau dans une pièce voisine. La jeune fille se laissa faire car elle se sentait incapable de réfléchir davantage. Et puis sa mâchoire lui faisait si mal. Le seul mot de *nourrir* lui aiguisait les crocs.

Il me faut... j'ai besoin...

Seulement elle ne savait comment s'y prendre. Dans une glace, elle aperçut son propre visage, ses yeux argentés, ses canines de fauve. Elle n'avait aucune envie de ressembler à cet animal, de sauter au cou de Thea, de lui ouvrir la gorge. Impossible, pourtant, de lui demander comment faire. Ce serait le meilleur moyen de révéler qu'elle n'était qu'une vampire novice. Alors elle restait là, debout, tremblante, incapable de bouger.

15

– Viens, ça ira, dit Thea.

Elle devait avoir à peu près l'âge de Poppy mais arborait un air doux et posé qui lui donnait une certaine autorité.

– Assieds-toi là.

Elle l'installa sur un canapé branlant et lui tendit la main. La jeune fille la regarda un instant sans comprendre puis se rappela.

James qui lui donnait son propre sang, de son bras. Voilà comment il fallait procéder. Amicalement, en personne civilisée.

Elle distinguait les veines bleu pâle sous la peau et cela suffit à balayer ses dernières hésitations. L'instinct reprenant le dessus, elle saisit le poignet de Thea. Et se mit à boire avidement.

Douce sensation sucrée-salée. Vivifiante. Consolante. C'était si bon qu'elle faillit en pleurer. Pas étonnant que les vampires haïssent les humains qui n'avaient nul besoin de chasser pour se procurer ce merveilleux liquide dont ils étaient naturellement porteurs.

D'un autre côté, Thea n'était pas humaine. Comment le sang d'une sorcière pouvait-il revêtir exactement les mêmes qualités ?

Ainsi les sorcières ne sont que des humains dotés de pouvoirs spéciaux. Intéressant.

Il lui fallut prendre sur elle pour se contrôler mais elle parvint à s'arrêter, lâcha le bras de Thea et se redressa, un peu gênée, tout en se léchant les lèvres et les dents. Elle préférait éviter son regard.

Alors seulement elle se rendit compte qu'elle avait protégé ses pensées durant tout le processus. Il n'y avait pas eu de connexion mentale comme lorsqu'elle partageait son sang avec James. Ainsi, elle maîtrisait d'ores et déjà certaines facultés propres aux vampires. Plus vite que James ou Ash ne semblaient s'y attendre.

De nouveau, elle se sentit en forme. Assez confiante pour sourire à Thea.

– Merci.

La sorcière lui rendit son sourire, comme si elle trouvait Poppy un peu bizarre mais sympathique. Elle ne paraissait rien soupçonner.

– De rien, dit-elle en fléchissant le poignet.

Pour la première fois, Poppy parvint à regarder autour d'elle. Cette pièce ressemblait davantage à un salon qu'à une boutique. Face au canapé il y avait une télévision et plusieurs chaises. Au bout, sur une table, brûlaient des bougies et de l'encens.

– C'est la salle d'étude, indiqua Thea. Grand-mère y jette ses sorts et laisse ses étudiantes y assister.

– Et de l'autre côté, c'est un magasin, conclut Poppy.

Elle avançait prudemment car elle ne savait pas ce qu'elle était censée savoir.

Thea ne montra aucune surprise.

– Oui. Je sais qu'on pourrait croire qu'il n'y a pas assez de sorcières dans la région pour faire marcher l'affaire ; en fait, elles viennent de tout le pays. Grand-mère est célèbre. Et ses étudiantes achètent beaucoup.

Sincèrement étonnée, Poppy hocha la tête. Elle n'osa plus poser de questions mais se sentait un peu rassérénée. Toutes les créatures du Night World n'étaient pas forcément méchantes et sataniques. Elle avait l'impression qu'elle pourrait devenir amie avec cette fille si l'occasion s'en présentait. Peut-être pourrait-elle un jour appartenir elle aussi au Night World.

– Merci encore, murmura-t-elle.

– N'en parlons plus. Mais ne laissez pas Ash vous mettre la pression. Il est trop irresponsable !

– Tu me blesses, là, Thea, lança Ash.

Écartant le rideau d'une main, il se tenait dans l'encadrement de la porte.

– Mais j'y pense, ajouta-t-il en haussant les sourcils, je me sens moi-même un peu faiblard…

– Va te jeter dans le lac Mead, susurra Thea.

Il prit un air innocent.

– Rien qu'un tout petit peu, un godet ! Tu as une si belle gorge blanche…

– Qui ça ? intervint Blaise derrière lui.

Poppy eut l'impression qu'elle cherchait juste à attirer l'attention sur elle en agitant ses longs cheveux noirs.

– Vous deux, rétorqua-t-il galamment.

Il parut soudain se rappeler la présence de Poppy.

– Et, bien sûr, cette petite rêveuse si blanche de partout.

Le sourire de Blaise se figea. Elle toisa longuement la nouvelle venue, avec aversion… et autre chose encore.

Une sorte de soupçon.

Poppy le sentait bien. La brune avait l'esprit vif et acéré. Subitement, celle-ci se tourna vers Ash :

– Ah, je comprends ! Vous venez pour la fête !

– Quelle fête ?

Blaise poussa un soupir qui souleva sa poitrine généreuse.

– La fête du Solstice, évidemment. Donnée par Thierry. Tout le monde y sera !

Ce qui parut le tenter. Dans la lumière tamisée du salon, ses yeux brillèrent d'une lueur sombre. Mais il finit par secouer la tête.

– Non, nous ne pourrons pas. Désolé. Je voudrais montrer la ville à Poppy.

– L'un n'empêche pas l'autre. Vous n'aurez qu'à venir plus tard. De toute façon, ça ne commencera pas avant minuit.

Blaise posait sur lui un regard insistant. Ash se mordit les lèvres, secoua de nouveau la tête en souriant.

– Bon, peut-être. On verra comment tournent les événements.

Poppy comprit qu'il sous-entendait autre chose, une sorte de message codé qui passait entre Blaise et lui. Quoique la télépathie n'entrât pas en ligne de compte puisqu'elle ne capta rien.

– Amusez-vous bien...

Thea lança un bref sourire à Poppy mais, déjà, Ash l'emmenait.

Ash ralentit à l'entrée du Strip.

– Si on se dépêche, on verra l'éruption du volcan.

Au lieu de demander ce qu'il voulait dire, Poppy interrogea :

– Qu'est-ce que c'est, une fête du Solstice ?

– Le solstice d'été. Le jour le plus long de l'année. Une fête pour les créatures du Night World. Un peu comme la Saint-Jean pour les humains.

– Pourquoi ?

– Ça a toujours été comme ça. C'est magique. Je t'emmènerais bien à cette fête mais ce serait trop dangereux. Thierry est un vampire, un Ancien qui plus est.

Soudain il ralentit.

– Tiens, voilà le volcan.

Une fontaine de feu devant un hôtel crachait des cascades lumineuses, éclairées de l'intérieur du cratère par des spots rouges. Ash se gara en double file.

– Tu vois, d'ici on a une vue magnifique dessus.

D'un seul coup, ce furent de véritables flammes qui jaillirent du volcan, des flammes rouges et dorées qui envahirent les flancs noirs jusqu'à embraser tout le lac en contrebas.

– Édifiant, n'est-ce pas ? lui souffla Ash dans l'oreille.

– C'est-à-dire...

– Excitant ? Stimulant ? Alléchant ?

Son bras l'attirait contre lui, sa voix se faisait mielleuse.

Poppy ne dit rien.

– Tu sais, reprit-il, tu verras beaucoup mieux si tu viens par ici. Ça ne me dérange pas qu'on me serre un peu.

Il était maintenant si près qu'il lui soufflait dans les cheveux quand il parlait.

Elle lui envoya un coup de coude dans l'estomac.

– Aïe ! cria-t-il.

Bien fait !

Il lâcha prise et posa sur elle un regard brun, contrarié.

– Pourquoi as-tu fait ça ?

– Parce que j'en avais envie. Écoutez, Ash, je ne sais pas où vous êtes allé chercher que je vous avais suivi pour sortir avec vous, mais je vous le dis carrément : c'est non.

Penchant la tête, il eut un sourire malheureux.

– C'est que tu ne me connais pas. Il faudrait que nous apprenions un peu…

– Non ! Jamais. Je ne veux pas avoir affaire à d'autres hommes. Si je ne peux pas avoir James…

Elle dut s'interrompre, le temps de retrouver sa voix.

– Alors je ne veux personne.

– Bon, peut-être pas tout de suite mais tu pourrais…

– Jamais ! Vous connaissez le principe de l'âme sœur ?

Ash ouvrit la bouche, la referma, la rouvrit :

– Oh non ! Pas ces âneries !

– Si. James est mon âme sœur. Désolée si ça paraît niais mais c'est comme ça.

Portant une main à son front, il éclata de rire.

– Tu es sérieuse, là ?

– Oui.

– Et c'est ton dernier mot ?

– Oui.

Nouvel éclat de rire. Il leva les yeux au ciel.

– D'accord. D'accord. J'aurais dû m'en douter.

Poppy se sentit soulagée. Elle avait craint qu'il ne se vexe, se renfrogne ou pire, qu'il ne se montre méchant. Malgré son charme, elle percevait toujours une sorte de froideur en lui et avait autant envie de s'en approcher que de plonger dans une belle rivière glacée.

Cependant, il paraissait avoir recouvré sa bonne humeur.

– Parfait. Puisque le flirt n'est pas au menu, nous n'avons qu'à nous rendre à cette fête.

– Je croyais que c'était trop dangereux.

– J'ai raconté des histoires ; je voulais te garder pour moi tout seul. Désolé.

Elle hésita. Elle n'avait aucune envie d'assister à cette fête mais elle tenait encore moins à rester seule avec Ash.

– Vous feriez peut-être mieux de me ramener auprès de vos cousines.

– Elles sont sûrement à la fête, à l'heure qu'il est. Allez, viens ! On va s'amuser. Donne-moi une chance de me racheter.

De plus en plus mal à l'aise, Poppy hésitait. Cependant, il paraissait tellement contrit... et puis, avait-elle le choix ?

– Bon, finit-elle par dire. Mais pas longtemps.

Il lui décocha un sourire éblouissant.

– Pas longtemps, promis.

– Ils pourraient être n'importe où sur le Strip, dit James.

Thea poussa un soupir.

– Désolée. J'aurais dû me douter qu'Ash avait une idée derrière la tête. Mais de là à détourner ta copine... Si ça peut te faire plaisir, elle n'avait pas l'air très attirée par lui. S'il lui fait des avances, il risque d'avoir une surprise.

Oui, se dit James, *et elle aussi.* Poppy n'intéresserait Ash que tant qu'il pourrait jouer avec elle. Dès qu'il comprendrait qu'elle ne voulait pas...

Il préférait ne pas penser à ce qui se passerait alors. Sans doute une rapide visite à l'Ancien le plus proche.

– Blaise est partie avec eux ? demanda-t-il.

– Non, elle s'est rendue à la fête du Solstice. Elle a proposé à Ash d'y aller mais il a répondu qu'il préférait montrer la ville à Poppy. Cela dit... tu pourrais aller vérifier à la fête quand même. Ash a dit qu'il y ferait peut-être un saut plus tard.

James prit le temps de respirer plus posément avant de reprendre :

– Et elle se passe chez qui, cette fête ?

– Chez Thierry Descouedres. Il en donne toujours d'énormes.

– C'est un Ancien.

– Pardon ?

– Rien. Oublie. Merci.

James allait sortir de la boutique quand elle le rappela :

– Attends. Tu devrais t'asseoir un peu, tu n'as pas bonne mine.

– T'inquiète.

Dans la voiture, il lança :

– Tu peux te relever, maintenant...

À l'arrière, Phillip émergea de sa cachette.

– Qu'est-ce qui se passe ? Tu en as mis un temps !

– Je crois savoir où se trouve Poppy.

– Tu crois, c'est tout ?

– Ta gueule, Phil !

Il manquait d'énergie pour se disputer et voulait ne se concentrer que sur Poppy.

– Bon, alors où est-elle ?

– À une fête. Elle y est déjà ou elle ne va pas tarder à s'y rendre. Une énorme fête, pleine de vampires. Il y aura au moins un Ancien. L'endroit idéal pour la démasquer.

– Et tu crois que c'est ce qu'Ash va faire ?

– J'en suis certain.

– Alors il faut l'en empêcher.

– En espérant qu'il ne soit pas trop tard.

C'était une étrange fête. Poppy n'en revenait pas du jeune âge de la plupart des convives. Quelques rares adultes semblaient perdus parmi eux mais elle ne voyait à peu près que des adolescents.

– Des nouveaux vampires, expliqua Ash.

Poppy se rappelait ce que James avait dit – que ceux qui n'étaient pas nés vampires arrêtaient de vieillir dès leur mort, tandis que les lamies pouvaient choisir d'arrêter à l'âge qu'ils voulaient. Autrement dit, James pouvait devenir vieux si cela lui chantait tandis qu'elle aurait éternellement seize ans. Ce qui n'avait pas une grande importance en soi. Si James et elle décidaient de vivre ensemble, ils pourraient demeurer jeunes à jamais ; sinon, il aurait peut-être pu vieillir un peu.

Ça faisait tout de même drôle de voir un type d'à peu près dix-neuf ans discuter passionnément avec un bambin qui en paraissait quatre. Il était mignon, avec ses joues rondes, ses cheveux noirs et brillants, ses yeux légèrement remontés, son expression à la fois innocente et cruelle.

– Alors, voilà Circé, dit Ash tout empressé. Une sorcière très connue. Là, c'est Sekhmet, une métamorphe. Je ne te conseille pas de l'asticoter.

Poppy et lui se tenaient dans un petit salon à la vue plongeante sur la salle. Jamais elle n'avait pénétré dans une aussi somptueuse résidence, pourtant elle connaissait Bel Air et Beverly Hills.

Elle aperçut deux grandes et jolies filles dans la direction qu'il indiquait mais n'aurait su dire qui était qui.

– Et voici Thierry, notre hôte. C'est un Ancien.

Un Ancien ? Le type que lui montrait Ash ne semblait pas avoir plus de dix-neuf ans. Il était beau, comme tous les vampires, grand, blond, pensif. Presque triste.

– Quel âge a-t-il ?

– Oh, j'ai oublié ! Il a été mordu par une de mes ancêtres voilà très longtemps. Au temps des hommes des cavernes.

Elle crut qu'il plaisantait. Mais peut-être pas, après tout.

– Que font les Anciens, au juste ?

– Ils édictent les lois. Et veillent à ce que les gens les respectent.

Un étrange sourire étirait les lèvres d'Ash. Il plongea sur elle ses yeux noirs.

Des yeux de serpent.

C'est alors qu'elle comprit.

Elle recula en hâte mais il la suivit vers la porte où elle se précipitait. Pour se retrouver sur un balcon.

Elle mesura la distance qui les séparait du sol sans toutefois pouvoir aller plus loin. Ash la retenait par le bras.

Ce n'est pas le moment de te débattre, lui conseilla son cerveau. *Il est fort. Attends une occasion.*

Elle se détendit, soutint le regard d'Ash.

– Vous m'avez amenée ici.

– Oui.

– Pour me livrer.

Il sourit.

– Mais pourquoi ?

Renversant la tête en arrière, il éclata de rire, d'un beau rire grave et mélodieux qui souleva le cœur de Poppy.

– Parce que tu es humaine. Ou que tu devrais l'être encore. James n'aurait jamais dû faire ça.

Son cœur battait la chamade mais elle gardait les idées claires. Sans doute savait-elle depuis longtemps ce qui se tramait. Sans doute était-ce la meilleure solution. Si elle ne pouvait vivre avec James, ni avec sa famille, que lui restait-il ? Tenait-elle tant à entrer dans le Night World s'il était peuplé de gens comme Blaise et Ash ?

– En fait, conclut-elle, vous vous fichez de la sécurité de James. Vous êtes prêt à le mettre en danger pour vous débarrasser de moi.

– Il est assez grand pour assurer sa propre sécurité.

Ce qui, à l'évidence, correspondait à la philosophie d'Ash. Chacun pour soi.

– Et Blaise était au courant, ajouta-t-elle. Elle savait ce que vous alliez faire et elle s'en fichait.

– Il n'y a pas beaucoup de choses qui émeuvent Blaise.

Il entamait une autre phrase mais Poppy repéra l'occasion qu'elle guettait.

Elle lui envoya un violent coup de pied avant d'enjamber le garde-fou pour sauter.

– Reste ici, dit James à Phil alors que la voiture n'était pas encore à l'arrêt.

Ils se trouvaient à l'entrée d'une gigantesque demeure blanche entourée de palmiers. James ouvrit sa portière mais prit encore le temps de répéter :

– Reste ici ! Quoi qu'il arrive, n'entre pas dans cette maison. Et si quelqu'un d'autre que moi s'approche de la voiture, démarre.

– Mais...

– Fais ce que je te dis, Phil ! À moins que tu n'aies pas envie de terminer la nuit vivant.

Là-dessus, il fila vers la demeure blanche, trop préoccupé pour repérer le bruit de la portière qui s'ouvrait derrière lui.

– Et tu avais l'air d'une si gentille fille ! suffoquait Ash.

Il lui tenait les bras derrière le dos tout en essayant de se tenir à l'écart de ses coups de pied.

– Mais plus maintenant, je te jure !

Il était trop fort pour elle et la ramenait peu à peu vers le salon.

Laisse tomber, Poppy. Ça ne sert à rien. Tu es fichue.

Elle voyait déjà la suite : entraînée devant tous ces gens, si beaux, si élégants, sous leurs regards impitoyables. Ce type au regard pensif viendrait à sa rencontre et son expression changerait. Il n'aurait plus l'air pensif du tout. Elle aurait affaire à un fauve dont les canines s'allongeraient, dont les yeux scintilleraient d'un éclat argenté. Il gronderait… et frapperait.

Et ce serait la fin de Poppy.

Ce n'était peut-être pas exactement ainsi que les choses se passaient, peut-être exécutait-on autrement les criminels dans le Night World. Mais ce ne serait de toute façon pas une partie de plaisir.

Je ne te faciliterai pas les choses ! Pensée directement orientée sur Ash avec colère, chagrin, indignation envers sa trahison. Tel un gosse en train de piquer une crise de rage.

Sauf que l'effet ne fut pas celui recherché.

Ash tressaillit, desserra son emprise.

Ce ne fut qu'un instant de faiblesse mais assez pour éclairer Poppy.

Je le meurtris. Il flanche !

Instantanément, elle cessa de se débattre physiquement pour concentrer toute son énergie, toutes ses forces en une explosion cérébrale. Une bombe mentale.

Lâche-moi, espèce de sale vampire pourri !

Ash chancela. Poppy recommença, transformant cette fois son esprit en lance à incendie, le bombardant de pensées destructrices.

Lâche-moi !

Il lâcha prise. Alors qu'elle commençait à s'essouffler, il courut à sa poursuite.

– Ça suffit ! lança une voix glaciale.

Dans le salon, Poppy aperçut James.

Son cœur bondit dans sa poitrine. D'un seul coup, sans même se rendre compte de ce qu'elle faisait, elle se jeta dans ses bras.

Oh, James, comment est-ce que tu m'as trouvée ?

Et lui ne cessait de répéter : *Ça va ? Tu vas bien ?*

– Oui, finit-elle par répondre à haute voix.

Quel bonheur de le revoir ! De se blottir contre lui ! Comme lorsqu'on se réveillait d'un cauchemar sous le sourire de sa mère. Elle cacha son visage dans le cou de James.

– C'est sûr que tu vas bien ?

– Oui. Oui.

– Bon. Attends une minute que je tue ce type et je reviens.

Il ne plaisantait pas. Elle le sentait à travers tous les muscles et tous les nerfs de son corps. Il ne songeait qu'à exécuter Ash.

Alors que retentissait le rire de ce dernier, elle leva la tête.

– Là, nous allons nous offrir un joli duel ! lança-t-il.

Non ! se dit Poppy. Il paraissait trop sûr de lui, trop athlétique, trop furieux. Et même si James parvenait à le battre, ça se terminerait mal.

– Viens, dit-elle. On s'en va. Vite !

Ajoutant silencieusement :

Je crois qu'il veut nous retenir ici jusqu'à l'arrivée des autorités.

– Mais non, dit Ash d'un ton jubilant. Nous allons régler ça entre vampires.

– Sûrement pas !

Une autre voix que Poppy connaissait. Escaladant la balustrade, Phil venait de surgir sur le balcon.

– Jamais tu n'écoutes ce qu'on te dit ? maugréa James.

– Eh bien, eh bien ! commenta Ash. Un humain dans la maison d'un Ancien. Qu'allons-nous faire de ça ?

– Toi, mon pote, maugréa Phil encore essoufflé, je ne sais pas qui tu es ni ce que tu fais là mais c'est ma sœur que tu embêtes alors j'estime que j'ai le droit de te casser la gueule.

Un court instant, Poppy, James et Ash le contemplèrent sans réagir, jusqu'au moment où Poppy fut prise d'une irrépressible envie de rire. Puis elle se rendit compte que James était dans le même état.

Ash dévisageait Phil des pieds à la tête. Il finit par se tourner vers son cousin.

– Ce type, il sait qu'il a affaire à des vampires ?

– Oh, que oui !

Autre silence. Poppy sentait à quel point James avait du mal à réprimer ses rires. Pourtant, il finit par laisser tomber, avec une admirable sobriété :

– Phil tient beaucoup à sa sœur.

Ash les dévisagea l'un après l'autre.

– Ah, je vois... vous êtes ensemble.

– Exact, répliqua James avec un sourire.

– Donc c'est moi qui suis en minorité. Très bien, je suis beau joueur. J'abandonne.

Il leva les mains, les laissa retomber.

– Allez-y. Disparaissez. Je ne m'y opposerai pas.

– Et tu ne nous dénonceras pas non plus, décréta James.

– Je n'en avais pas l'intention, affirma Ash d'un air innocent. Je sais, tu crois que j'ai amené Poppy ici pour la livrer, mais je n'en avais pas l'intention. Je m'amusais, c'est tout. Je voulais juste me divertir un peu.

– C'est ça ! dit Phil.

– Inutile de mentir, lâcha James.

Cependant, Poppy n'était pas aussi catégorique qu'eux. Les grands yeux violets d'Ash et sa sincère contrition l'émouvaient.

Elle avait du mal à voir clair en lui, et cela depuis le début. Sans doute parce qu'il pensait ce qu'il disait, sur le moment... à moins qu'il ne l'ait jamais pensé. Toujours était-il qu'elle n'avait jamais rencontré d'être plus agaçant, plus exaspérant, plus invivable que lui.

– Bon, dit James. On s'en va. On va traverser ce salon tranquillement, puis la grande salle et rien ne devra nous arrêter, compris, Phillip ? À moins que tu ne préfères repartir par le chemin que tu as pris pour arriver.

Phil secoua la tête. James prit Poppy par le bras et se retourna vers Ash.

– Toi qui ne t'es jamais attaché à personne, un jour ça t'arrivera et tu vas morfler, je te le garantis.

Les yeux toujours changeants d'Ash n'exprimaient rien du tout. Pourtant, il répondit à James :

– Tu n'es qu'un prophète de mauvais augure. Alors que ta chère et tendre semble plutôt douée. Interroge-la de temps en temps sur ses rêves.

James s'arrêta, se rembrunit :

– Pardon ?

– Et toi, petite rêveuse, tu ferais mieux de vérifier ton arbre généalogique. Tu sais glapir très fort. Bonsoir, braves gens.

Ils se défièrent un moment du regard. Poppy comptait les battements de son cœur. Puis James l'entraîna vers la sortie, Phil sur leurs talons.

Ils quittèrent la maison sans encombre. Personne ne tenta de les arrêter.

Cependant, Poppy ne se sentit pas tranquille tant qu'ils n'atteignirent pas la voiture.

– Qu'est-ce qu'il voulait dire avec son histoire d'arbre généalogique ? demanda Phil en s'asseyant à l'arrière.

À quoi James répondit par une autre question.

– Comment savais-tu où trouver ta sœur dans cette maison ? Tu l'avais vue sur le balcon ?

– Non, j'ai juste suivi ses cris.

– Quels cris ?

– Les cris. Ceux de Poppy. « Lâche-moi, espèce de sale vampire pourri ! »

– Attends ! s'exclama celle-ci. C'était après Ash que j'en avais. Est-ce que tout le monde m'a entendue ?

– Non, dit James.

– Mais, alors...

– De quel rêve Ash parlait-il ?

– Un truc que je lui ai raconté. Figure-toi que j'avais rêvé de lui avant de le rencontrer !

James posa sur elle un regard étrange.

– C'est vrai ?

– Oui. Qu'est-ce qui se passe ? Qu'est-ce que c'est que cette histoire d'arbre généalogique ?

– Il semblerait que Phil et toi ne soyez finalement pas humains. Il devait y avoir un sorcier ou une sorcière parmi vos ancêtres.

16

– Tu plaisantes ! s'exclama Poppy.

Phil en restait bouche bée.

– Non, je suis très sérieux. Tu es une sorcière de la deuxième ou troisième génération. Tu te souviens de ce que je t'ai dit ?

– Qu'il y avait des sorcières qui connaissaient leur héritage et d'autres qui l'ignoraient et possédaient juste des pouvoirs. Et que les humains les appelaient…

– Médiums ! coupa James d'une voix fiévreuse. Télépathes. Voyantes. Poppy, voilà ce que tu es. C'est pour ça que tu as si vite accroché la télépathie. C'est pour ça que tu fais des rêves prémonitoires.

– Et c'est pour ça que Phil m'a entendue, conclut-elle.

– Oh non ! grommela celui-ci. Pas moi ! N'importe quoi !

– Phil, vous êtes jumeaux. Vous avez les mêmes ancêtres. C'est pour ça que je n'arrivais pas à contrôler ton esprit.

– Oh non ! s'écria Phil en se laissant tomber sur son dossier. Non ! Pas ça !

– Mais de qui tenons-nous ? se demanda Poppy.

– De papa, évidemment !

– Ça pourrait sembler logique, mais…

– C'est vrai. Tu sais bien qu'il voit toujours des trucs bizarres partout. Qu'il rêve de certaines choses avant qu'elles ne se produisent. En plus, il a entendu ton cri dans son sommeil. Quand tu appelais James. James t'a entendue, moi aussi, et puis papa.

– D'accord. Et ça explique aussi pourquoi on a ces intuitions. Même toi, Phil.

– J'avais l'intuition que James était bizarre et je ne me trompais pas.

– Phil…

– Lui et quelques autres, ajouta-t-il. Tiens, j'ai su avant de l'avoir vu que c'était lui qui arrivait à la maison, aujourd'hui. J'ai mis ça sur le compte de ma connaissance des bruits de moteur.

Poppy frémissait de joie. En même temps, elle avait du mal à saisir pourquoi James semblait rayonner d'un bonheur exaltant.

– Tu ne comprends pas ? lança-t-il en tapant sur le volant. Ça veut dire que, même avant de devenir vampire, tu étais une créature du Night World. Tu portes le secret de la sorcière. Tu as donc parfaitement le droit de connaître le Night World. Tu en fais partie.

Ce fut comme si le monde se retournait d'un coup. Poppy en perdit le souffle.

– Et ça nous réunit. Personne ne pourra plus nous séparer. On n'a plus besoin de se cacher.

– Où est-ce que vous allez partir, tous les deux ? Poppy ne peut pas revenir à la maison.

– Je sais, dit-elle doucement.

Elle l'avait accepté. Il n'était pas question pour elle de repartir en arrière. Son ancienne vie avait pris fin. Il ne lui restait qu'à en bâtir une nouvelle.

– Et vous n'allez pas non plus errer je ne sais où…

– Certainement pas, répondit-elle calmement. On va aller chez papa.

Parfait, l'entendit-elle penser. *Évidemment.*

Ils allaient rejoindre cet homme toujours en retard, toujours importun, toujours aimant. Son père, le sorcier qui s'ignorait. Qui devait se croire fou lorsque ses pouvoirs agissaient.

Il leur procurerait un endroit où vivre et c'était tout ce qu'ils demandaient. Le Night World leur serait ouvert quand ils voudraient l'explorer. Peut-être retourneraient-ils rendre visite à Thea, un jour ou l'autre. Peut-être iraient-ils danser dans une des fêtes de Thierry.

– Du moins si on le trouve, objecta Poppy soudain inquiète.

– Pas de problème, dit Phil. Il est reparti cette nuit mais il a laissé une adresse. Pour la première fois.

– D'une façon ou d'une autre, il devait savoir, observa James.

Ils roulèrent un moment, jusqu'à ce que Phil déclare :

– Je viens d'avoir une idée. En ce qui me concerne, je n'ai aucune envie de faire partie du Night World. Je me fiche de mon héritage. J'ai envie de vivre une existence humaine normale et je tiens à ce que ce soit clair pour tout le monde…

– C'est clair, Phil, coupa James. Crois-moi. Personne ne te forcera. Tu peux vivre comme un humain tant que tu voudras, oublier le Night World, pourvu que tu te taises.

– Bon, d'accord. Mais voici mon idée. Je n'approuve toujours pas les vampires mais j'ai l'impression qu'ils ne sont pas aussi négatifs que je l'aurais cru. Je veux dire qu'ils ne traitent pas leur source de nourriture plus mal que les humains. Quand je pense à ce qu'on fait aux vaches… au moins, ils n'élèvent pas d'humains dans des étables.

– Je ne parierais pas là-dessus, dit James en se rembrunissant. J'ai entendu dire qu'autrefois…

– Il faut toujours que tu contestes, toi ? D'un autre côté, j'ai pensé que vous faisiez partie de la Nature et qu'elle n'était pas toujours jolie, mais voilà... c'est la Nature. Peut-être que ça ne vous semble pas très logique...

– C'est très logique, dit James. Merci.

Poppy en éprouva un doux émoi. *S'il reconnaît qu'on fait partie de la Nature, c'est qu'il ne nous estime plus contre nature.*

C'était important.

– Tu sais, assura-t-elle, moi aussi j'ai réfléchi. Et il me semble qu'on pourrait trouver d'autres moyens pour se nourrir que de sauter sur les humains quand ils ne s'y attendent pas. Les animaux, par exemple. Je veux dire : est-ce qu'il existe une raison pour que leur sang ne fonctionne pas sur nous ?

– Ce n'est pas le même, dit James. Mais c'est possible. Il m'est arrivé de me nourrir sur des animaux. Les cerfs, c'est très bon. Les lapins aussi alors que les opossums puent.

– Et puis, il doit bien exister des gens qui accepteraient de donner leur sang. J'en ai trouvé, moi. Si on demandait aux autres sorcières ?

– Peut-être, répondit James en souriant. Tiens, j'en ai connu une qui était tout à fait d'accord. Elle s'appelait Gisèle. Seulement, on ne peut pas leur demander de venir tous les jours. Il faut leur laisser le temps de se reconstituer.

– Je sais, mais on pourrait alterner. Les animaux un jour, les sorcières le lendemain. Tiens, et les loups-garous le week-end !

– Je préférerais mordre un opossum.

Poppy lui secoua le bras.

– Je voulais juste dire qu'on n'est pas obligés de se comporter en affreux monstres suceurs de sang.

– Peut-être, dit James pensif.

– Bravo ! s'écria Phil à l'arrière.

– Et puis on pourrait le faire ensemble, ajouta Poppy.

James détourna un instant les yeux de la route pour lui sourire.

– Ensemble.

Mentalement, il ajouta : *J'ai hâte de voir ça. Avec ton sens de la télépathie, tu te rends compte de ce qu'on pourrait faire ?*

Elle écarquilla les yeux, se sentit pousser des ailes.

Oh, James… tu crois ?

J'en suis certain. La seule chose qui rend l'échange de sangs si extraordinaire c'est qu'il augmente la télépathie. Mais toi, tu n'as pas besoin de l'augmenter, petite rêveuse.

Poppy se tint toute droite en essayant de contrôler les battements de son cœur.

Ils allaient pouvoir de nouveau réunir leurs esprits. Chaque fois qu'ils le désireraient. Elle imaginait déjà ce que ce serait que de se perdre dans celui de James, de le sentir lui abandonner ses idées.

Fusionner comme deux gouttes d'eau. Ensemble, d'une manière qui demeurerait à jamais étrangère aux humains.

J'ai hâte, répondit-elle. *Je crois que je vais aimer être sorcière.*

Phil s'éclaircit la gorge.

– Si vous voulez que je vous laisse tranquilles…

– C'est sûr qu'avec toi dans les parages, marmonna James.

– Je n'y peux rien, si vous braillez comme ça !

– On ne braille pas, c'est toi qui nous espionnes.

– Bon, ça va tous les deux ! intervint Poppy.

Cependant, elle ne put s'empêcher d'ajouter, à l'adresse de son frère :

– Écoute, si tu tiens à nous laisser tranquilles, c'est que tu fais confiance à James pour rester seul avec ta sœur…

– Je n'ai pas dit ça.

– Pas besoin.

Elle était contente.

Il était près de minuit, le lendemain. L'heure des sorcières. Poppy se tenait dans un lieu où elle avait cru ne jamais revenir : la chambre de sa mère.

James attendait dehors dans une voiture remplie de bagages, dont une grosse valise pleine des CD de Poppy que Phil leur avait préparée. Dans quelques minutes, ils allaient gagner la côte est, pour y rejoindre son père.

Mais il lui restait d'abord quelque chose à faire.

Elle s'approcha sans bruit du grand lit, en s'efforçant de ne pas déranger les deux dormeurs, s'arrêta devant la silhouette immobile de sa mère, la regarda longuement puis se mit à lui parler d'esprit à esprit.

Je sais, tu penses que c'est un rêve, maman. C'est vrai que tu ne crois pas aux esprits. Mais je voulais te dire que je vais bien, que je suis heureuse et que, même si tu ne comprends pas, il faut essayer au moins de croire. Rien que pour cette fois, crois en ce que tu ne peux pas voir.

Elle marqua une pause avant d'ajouter : *Je t'aime, maman. Et je t'aimerai toujours.*

Quand elle quitta la chambre, sa mère dormait toujours, un sourire aux lèvres.

Au-dehors, Phil se tenait devant l'Integra. Poppy le prit dans ses bras et il l'étreignit avec tendresse.

– Au revoir, murmura-t-elle.

Elle entra dans la voiture.

James tendit par la fenêtre une main qu'il prit sans hésiter.

– Merci. Pour tout.

– Non, merci à toi, souffla Phil d'une voix tremblante. Prends bien soin d'elle… et de toi.

Il recula en clignant des yeux.

Poppy lui envoya un baiser. Et James démarra. Ils s'éloignèrent tous les deux dans la nuit.

IMPRIM'VERT®

Imprimé en France par Corlet Imprimeur
Dépôt légal : mai 2010
N° d'impression : 129988
ISBN : 978-2-7499-1125-0
LAF 1232 A